【經典書房】

給女兒的信

何紫 著

山邊出版社有限公司

認識 何紫

何紫（1938 — 1991），原名何松柏，廣東順德人，香港著名兒童文學家。「山邊社」創辦人，「香港兒童文藝協會」創會會長。幼年時隨母自澳門來港，在香港完成小學及中學課程。畢業後曾任教師、《兒童報》編輯、《華僑日報》副刊編輯、《幸福畫報》特約撰稿人。何紫一直在香港多份報刊上撰寫專欄，同時致力兒童文學的創作與研究。1971年辦兒童圖書公司，1981年創辦山邊社，1986年創辦《陽光之家》月刊，出版社主要面向校園，為幼兒到大專學生出版普及性課外讀物，廣受歡迎及好評。

何紫著作甚豐，作品結集有《40兒童小說集》、《26短篇童話集》、《我的兒歌》、《童年的我》、《如沐春風》等三十餘種。其中小說《別了，語文課》獲

《給中學生的信》

《王子的難題》

《我的兒歌》

評選為全國紅領巾推薦讀物;《童年的我》在 1991 年的「中學生好書龍虎榜」選舉中獲選為十本好書之一;《少年的我》於 1993 年獲得第二屆香港中文文學雙年獎（兒童文學組）;《何紫散文精選集》於 2018 年獲得第十五屆「十本好讀」（小學組）。

1990 年杪,何紫得知身患癌病,治療期間仍勤於寫作,以有限的時間,追尋未完的志願,為廣大的讀者獻出他最後的心血結晶,後期病情轉趨沉重,終於 1991 年 11 月辭世。這段期間的作品有《我這樣面對癌病》、《給中學生的信》,童話故事有《豬八戒找工作》、《親親地球》、《國王的怪病》、《王子的難題》等等。

《40 兒童小説集》

《少年的我》

《童年的我》

序一

這幾百封信是何紫寫給女兒阿薇的。

他的確有個女兒叫阿薇。

我曾經在温哥華阿薇的學校宿舍裏，看到她把父親的信貼在牆上，讓自己一看再看。

但這本書中關於阿薇的事卻有真有假，這些信與其說是寫給女兒，倒不如是寫給讀者的。他是把讀者當作他的女兒了。

程度好的小學五、六年級的學生，關心兒女教育的父母，都可以看這本書，但最適合看的還是由中一至中七的學生，至於他是男生還是女生卻不成問題。

何紫真的很了解這個年齡的孩子，他們的想法，他們的困擾，他們的煩惱，他都知道。他又是個善於跟青

年人談話的長者，他說得明白，說得親切，說得很有說服力，因此，看了這幾百封信，大家會覺得很有得着，而且心裏感到舒服。

這不是一本大人立心教育青少年的書，因此雖然說了不少道理，卻是並不給讀者以壓力，而是給以動力。

這不是一本想做青年導師的人寫的人生指南，而是一位慈父與女兒談心的結集，因此除了人生經驗的傳遞還有感情的傳遞。

當青少年朋友看這本書時，就把自己當作他的兒女，領略那份從心裏掏出來的關懷和愛護吧。

阿濃

寫於 1992 年

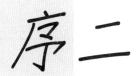

序二

　　《給女兒的信》出版二十多年後再版，我身為作者何紫的女兒，藉此機會現身説法，談談此書背後的一些故事。

　　書內二百五十二封信原刊於《香港商報》何紫寫的一個叫「給女兒的信」的專欄內，時為 1990 年 7 月至 1991 年 3 月間，期間 90 年 12 月何紫確診患上肝癌，終於 91 年 11 月辭世。後來專欄文章被結集成書，初版於 1993 年 1 月。正如阿濃於本書的序言所説，文章關於阿薇的事有真有假，就讓我來作一點補充。

　　1990 年初夏我完成中學課程，高級程度會考放榜後，便準備翌年 1 月出國升學。女兒將離巢遠飛，我想因此而觸發起父親寫信給女兒的念頭吧！爸爸生前是個大忙人，他大部分時間都用在寫作、出版和推動文化的事業裏去，我沒有印象他對我説過什麼教訓，也許年輕時充耳不聽，但我跟父親分享的生活點滴，相信他

是有用心聽的，並加入自己的想像，化為寫作的素材。書中有不少往事的片段，例如我確實在 90 年的暑假做過環保義工、當過電話公司的接線生；當年我們一家去看梅艷芳演唱會，「飛位」的事確有發生；還有爸爸寫他童年時經歷過戰亂、得病後悟到的人生道理等等，都真有其事。

然而，書中阿薇的身世是虛構的。相反，我的少年期過得無憂無慮，是個樂天的女孩，這多得父親努力地給我們一個安逸豐足的家，為我們遮風擋雨，亦因此我的成長缺乏了磨煉，少年的我沒有阿薇的獨立和思想成熟。那個年代的香港經濟穩定繁榮，產生了不少我這類意志力薄弱、上進心不足，卻受着次文化影響的年輕人，我父親深明年青人要鍛煉、要陶冶，因此文章談得最多的是性格的塑造，正如他在本書（頁 236）所言：「性格是一個人的總體現，是氣質、情緒、人性、

修養、身心健康與意志品質的總和。性格會受外界影響，又可以自我鍛煉。」的確，優良性格是可以自我鍛煉的，爸爸的一生就給了我示範和明證。

　　如今我已長大，成為人母，有我自己的女兒了。我對父親的說話已淡忘，幸而文字可以留存，重溫仍使我感受到暖暖的父愛，就讓我學習把愛傳遞給我的女兒，對年輕人寓教於情，說話情理兼備吧！

　　最後，我特別為新版書編寫了目錄，讓新一代讀者打開本書時，對內容有概略了解。我相信即使時代轉變，有些人生道理是千古不變的，願這本書對你有所啟迪！

何紫薇

寫於 2019 年春

目錄

寧願寫信　　　　　15

傳送生日祝福　　　16

猜謎語　　　　　　17

重睹舊物　　　　　18

弟弟放暑假　　　　19

環保義工　　　　　21

步行有益　　　　　25

遊中國　　　　　　26

開學了　　　　　　27

友誼三人組　　　　28

交友之道　　　　　29

守秘密的朋友　　　31

分析朋友的性格　　33

關於爭吵　　　　　34

了解自己　　　　　35

接受朋友的性格　　36

尊重別人的生活方式　37

睡前故事　　　　　38

「飛位」　　　　　39

過獨立生活　　　　40

養寵物　　　　　　41

童話與寓言　　　　43

真與假　　　　46

何謂浪漫　　　49

關於謊話　　　51

工作的抉擇　　52

淺嘗愛情苦杯　58

決定辭職　　　59

期望與失望　　60

談滿足　　　　63

關於感情　　　65

兩難處境　　　67

擁抱生活　　　70

華莎姨姨　　　73

容易滿足　　　76

與人為善　　　77

停止戰爭　　　78

迷上了秋天　　81

水蜜桃豐收　　83

閒情逸致　　　84

何謂美麗　　　86

讀與寫　　　　88

言論自由　　　90

發現老鼠　　　91

喜歡寧靜　　　93

談性格　　　　94

談運氣　　　　95

「人際心距」　97

奇怪來電　　　　100

自嘲與幽默　　　102

透視友誼　　　　104

異性朋友　　　　110

有競爭才有進步　111

心靈妙藥　　　　112

談進取心　　　　113

素儀姐　　　　　116

磨煉堅韌力　　　119

新工作的挑戰　　120

傻情　　　　　　125

雲表姨　　　　　129

魔鬼化身　　　　131

微波爐　　　　　133

關懷父母　　　　134

温室效應　　　　135

親情最可貴　　　136

擇友的要求　　　137

心想事成　　　　138

經典中國歌曲　　139

香港藝術節　　　140

愛的種子　　　　142

人生的重要範圍　143

喜上眉梢　　　　146

居安思危　　　　147

成熟表現　　　　148　　　　學會體貼　　　　173

愛護小孩　　　　149　　　　性的問題　　　　176

談電影　　　　　150　　　　感情營養素　　　178

愛情路上　　　　155　　　　保持幽默　　　　179

了解男人　　　　160　　　　面對逆境　　　　180

聖誕來臨　　　　165　　　　「冷」的氣質　　184

享受靜謐　　　　167　　　　培養藝文興趣　　185

對物有情　　　　169　　　　「加」的人生　　186

新年願望　　　　170　　　　「減」的人生　　187

預感也許會靈驗　171　　　　「乘」的人生　　188

珍惜快樂　　　　172　　　　「除」的人生　　189

　　　　　　　　　　　　　　「滋油淡定」　　190

　　　　　　　　　　　　　　年底的蕭殺感？　191

　　　　　　　　　　　　　　「善心」的含義　　192

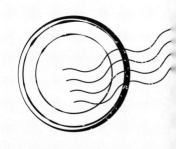

道歉的藝術　　　　193

「啟蒙」三句話　　194

改善失眠　　　　　195

逍遙派　　　　　　196

做時間的主人　　　197

徜徉沙田　　　　　198

學習中文　　　　　199

根在香港　　　　　200

愛哭的毛病　　　　201

原諒與體諒　　　　202

男友的新攻勢　　　203

上一課「感情教育」204

家人的愛　　　　　206

青年人是夢想者　　207

身體語言　　　　　208

關懷別人　　　　　212

觀人於微　　　　　213

關於「八卦」　　　214

健康人生　　　　　215

遊動植物公園　　　216

春節來臨　　　　　217

小年夜　　　　　　221

親近植物　　　　　222

情侶間的遷就　　　223

真正幸福的女人　225

女性的氣質　228

男女平等　230

幻想遊戲　231

又談氣質　233

性格的陶冶　237

香港次文化　239

健康性格 vs 病態性格

239

241

多愁善感　243

人的七情　244

控制情緒　245

心理保健　248

性格偏差　249

了解人的性格　251

女兒家的心事　253

順其自然　254

未雨綢繆　255

樂從動中來　256

做到老學到老　257

善於紓解　258

家庭是快樂的源頭　259

把自己當作孩子　260

做個有性格的人　262

給爸爸的信　267

寧願寫信

薇：

　　拙於言詞，喜歡筆談，這習慣竟改不了。幸而有你這麼一個好女兒，願意讀我的信，並一封一封把它留下，釘成冊子。

　　有人寧打一小時電話，不願寫數行字。我卻寧天天寫一封信，不願多講一句話，可惜我這性子只傳了一半給你。不愛說話的你，也許我應負上責任。你十歲那年，正需要爸爸媽媽，在身旁給你鼓勵，給你人生啟迪的時候，卻把你送到市橋外婆家去寄養，我和你媽媽為了儲夠買一間房子的錢，到新加坡一家新開的中國菜館做合同工，五年後雖然願望達成，卻使你度過了一個寂寞的少年期，並成為一個超齡學生。記得把你重帶回香港時，有整整半年不肯叫我做爸爸。一晃十年了，你雖然後來添了兩個弟弟，我和媽媽仍然沒忘記做愛的補償，特別是我，你說我寵壞你了，工作了一年後，就忙着搬出去與同事合住，說要訓練自己過獨立生活。兩年了，我到現在還不慣，回家不見你在房裏默默看書報，薇，什麼時候搬回家？

　　　　　　　　　　　　　　　　Daddy

15

傳送生日祝福

薇：

　　真糊塗，竟説我結婚後第三年把你帶到人間，把我的女兒説大四年了。你為此怪我，連女兒幾歲也忘記了！我馬上設一本簿，把一家人的出生日期都寫下來。一直使我感動的，是一位居美國的老朋友，每年我生日之前，都收到他遠地寄來的祝福，十多年如是，雖然有時寥寥數語，或一張生日賀卡，已使我深感友誼可貴。回頭看自己，我似乎記性特別差，一下子就忘記了朋友的生日，極少能及時寄去問候。

　　生日本來並不那麼重要，但當連你自己都忘記了的時候，卻有人記在心間，為你慶祝，或給你一兩句溫馨祝福語，一定會使你欣喜莫名。我應該由今天開始，做一個為家人、為好友傳送生日祝福的有心人。

　　提起生日，倒記起日前執拾舊物，有一個匣子放了些陳年舊畫片，有一張是你和弟弟三人合製的生日卡，是祝賀我四十歲生日的，把我畫成一個小娃娃，寫着「不老的爸爸！」周末回家，我給你看看吧。

Daddy

猜謎語

薇：

　　你記得小時候我最喜歡與你玩猜謎語嗎？我問你：「池中有個小姑娘，從小生在水中央，粉紅笑臉迎風擺，伴着圓圓小綠船。」你聽了，就嚷着說：「是我！是我！」我說你又不是在水中央，你就要我帶你去游泳；我說你身旁沒有小小的綠船，你就拿出手工紙，要我為你摺紙船。總之，為了讓自己成了謎裏的人兒，你吵着鬧着。這些趣事我和你媽也許給你說過很多遍了，你也不會覺得好笑吧？但不知為什麼，我閒着想起，還是覺得有趣。

　　昨天我翻了一下舊照片，有一張是我抱着才三歲的你，在故鄉一個蓮花池旁邊拍的。這個謎語我頓時浮於腦際了。謎底是蓮花，你這些年來，也說要效法蓮花，像一位詩人說，「出於污泥而不染。」你搬出去與朋友合住後，我每次來看你，亦覺你果然「獨善其身」，並且，沒有「自命清高」。人與人之間要「和」，意思是「隨和」，什麼人你也不能看輕他，以白眼看人；你心中可以清高，但待友卻不可自命特殊。這張舊相片要留給你看看呢。

　　　　　　　　　　　　　　　Daddy

重睹舊物

薇：

　　真好笑，前天與你媽咪執拾舊東西，發現一個箱子，裏邊全是你和弟弟小時候的用品，有奶瓶、有口水肩、有尿片等等，我說孩子都長大了，還留着做什麼，把它全扔了吧。但你媽媽卻對這些東西滿有感情，她說看見這些嬰兒用品，想起你們幼年時的可愛相，還有那年代我們生活艱苦，一個奶嘴也留着給第二個孩子用，一條尿布洗了又洗，現在重睹那些舊物，覺得舊日更符合環保的宗旨，今天哪懂得物力維艱？即用即棄，地球資源在大量浪費呢……

　　媽咪是個懷舊派，最後，這些東西還是沒有扔掉，我想不會是留給孫兒用，你們看見也許覺得寒酸。我們的意思是讓你們三個孩子看看，或者選一點留做紀念。「我們是這樣長大的」是有物為證呀！你周末回來看看吧，其中一條開襠褲，還有你的第一條小花裙，你看了一定會大笑不止。

Daddy

弟弟放暑假

薇：

　　大弟祥祥帶着二弟宗宗今早乘直通車去度他的暑假生活了，他留下一盒朱古力給你，説請姊姊品嘗。是他倆自製的，用可可粉，加杏仁及開心果碎，在廚房弄了好半天，還到文具店買來七包錫紙，包成「專業水準」，總之這兩個孩子鬼馬多端，你快回來欣賞他們的作品吧。

　　這一回，他倆跑大理，你知道大理在哪裏麼？從雲南昆明市乘八小時公共汽車，就可以到達這白族自治區，四年前我和你媽跑過一趟，印象深刻。奇怪你一直只會用大假去東南亞一帶玩，為什麼不試試探索大陸的奇山勝水？我已經叫祥祥和宗宗沿途寫日記，回來向你描述。我知道這可能又要老竇自責一番，是嗎？你在番禺呆了五年，那年代歲月燃燒，可能叫你留下不少不愉快的印象，因而做成今日成長後裹足大陸。薇，我的經驗是印象不要定形，對人對事對國家對社會，不要有一個印象之後就自築巢臼。「先入為主」是最騙人的心理，你同意嗎？

Daddy

薇：

　　你收到兩個弟弟從雲南旅途中寄給你的信，我反而片言隻字未見呢。祥祥和宗宗其實得你的不少，每次出糧，你給他每人三百元，他們都儲起來，前些時他倆合買了副家庭電腦，都是用儲的錢。我們這個家，兄弟姊妹和睦，是我和你媽咪最大安慰。

　　和睦是有些條件的，也許父母公平最重要，我自問對你們三個都公平，雖然我是寵你多一點點，幸而我只有一個女，男孩子大概不太計較，但在慈愛方面，我覺得我與你媽咪都是同等對待孩子。相信若有偏心，兒女間產生嫉妒，就會做成兒女不和了。至於和睦的第二條件是：兄弟姊妹要互相鼓勵，平等對待，難得你比他們年長，卻沒有「長女當母，長子當父」的那套思想，硬要扮演做爸媽的角色。和睦的第三條件是：家庭中建立互相體諒的精神，人誰無錯，或者不慎說了一些令對方生氣的話，偶然火爆一下難免，但都應無隔夜的恨。原諒看似兩個簡單的字，卻常常能化戾氣為祥和呢。祥祥和宗宗給你的信，有便帶回來讓我們一讀，如何？

Daddy

環保義工

薇：

　　你參加過環保義工一段短時間，記得嗎？有一次在路上碰上你，你正在跟兩個路人做問卷，你問一對年輕情侶：「請問你聽過環保這個詞嗎？環保的意思是什麼？」男的打情罵俏地對身旁的女郎說：「挽煲？唔捽煲就挽煲啦，挽煲挽唔實，乒乓一聲，打爛沙煲，就一拍兩散囉。」你雖然表現十足耐心，但因對這種答非所問，亦為之氣結。今天環境保護的問題已經來到每個人的身旁了，「温室效應」若繼續下去，香港會海水浸沒街道，這並非杞人憂天。節省紙張，節約木料，不用飯盒吃飯，減少用膠袋……這些都是我們可以在日常生活做得到的環保行動。當然，更重要還是要靠政府制定政策，科學家有突破性發明……

　　我忽然有興致和你說環保，是希望你關注社會的熱情，不要因為人長大了，成熟了，就淡化下來，別只看到自己身旁的工作，公益的事都拋棄。

Daddy

薇：

　　香港人似乎已習慣了——忽然街頭出現一個人，把你截停，然後問你五、六個問題，請你一一回答，這叫做「問卷調查」。哈哈，電話中你曾説，你就當了一天義工，去做這件有趣的工作。這是你參加環保工作的第一次行動嗎？你奇怪香港人那麼合作，只憑你一張工作證，每個人都耐心地回答你的問題，有時，碰巧是一對情侶，還一邊回答你的問題，一邊打情罵俏。最有趣的是一個大眼妹，你問完她六個問題之後，她一本正經地反問你：你有沒有信仰？為什麼不找多點精神寄託？然後説到你積極人生的取向，做義工還不夠……説着説着，就希望你逢星期日與她一起上教堂。這種反客為主，使你感到香港人才不怕事，也許這些年資訊發達，使人樂於去做媒介，也樂於發表自己的見解。我同意你的看法，當一個社會，人們都願意無保留地表達自己的看法，又那麼率直，那麼坦誠，不會有什麼顧忌，那麼，這個社會就很有希望。

Daddy

薇：

　　你參加了一個環保小組，並且被選做秘書，我吃了一驚。今天你寫信告訴我，說你請我幫忙為你找一堆有關環境保護的書，讓你在這方面好好充實自己，卻又叫我既驚且喜。在家中你一向冷或懶於參加這些社會活動，是什麼因由使你對環保發生興趣？我想你可能靜極思動，或者你有感於環境污染日甚，希望在綠色救地球方面盡一點力。薇，這方面爹地全力支持你！我星期日跑書店為你買一堆書回來。你是《香港商報》的忠實讀者，一定知道逢星期五由綠色力量主編的一頁《綠色天地》吧，這一版可讀性極高，你宜每期剪下保存。「綠色」是今日的社會熱潮，趕熱潮者要趕出名堂來，只要在認識熱潮上下工夫，下次看見你，我會考考你一些生態學的常識，地球以生物為中心，生物與水、生物與溫度、生物與光、生物與空氣、生物與土壤、這種生物和那種生物、弄清楚上述的關係，是環保的第一課呢！

　　　　　　　　　　　　　　　　　　Daddy

薇：

　　日前在路上遇見周兆祥，真巧，你説對環保有興趣，並參加了一個環保小組，我就碰到這位環保健將！更巧的是捧着一個大冬瓜，熱情地對我説：「這是我在大埔辦的實驗農場的收成品，我捧着這冬瓜去參加一個講座，現在講座完畢，正好把這冬瓜送給你。」我喜出望外，捧着大冬瓜回家，你這個星期六晚回家吃飯，媽咪會調製一味冬瓜盅，你可以一嘗不用化學肥料，純用自然肥料的農作物的上佳味道了。周兆祥説，他們辦的農場歡迎我們一家去參觀。等待祥祥及宗宗從雲南旅行回來，我們一起到大埔去看望他和他們的作業吧。周兆祥是我七十年代認識的朋友，二十年來我們保持友誼，他熱心綠色運動，數十年如一日，我十分敬佩。因為彼此工作忙，見面不多，今次我一定好好介紹他給你認識。他有兩個孩子，一個叫可凡，一個叫可未，是天真聰慧的孩子，有機會一併介紹你認識。

Daddy

步行有益

薇：

　　夏天容易叫一些人只會躲在冷氣間，怕外面的熱浪逼人而疏遠了戶外運動。你有這趨勢呀！一天到晚在中央冷氣系統裏，放假了，也躲在冷氣開放的大廈商場內，或在家裏開了 25℃ 的空調去看電視、看書，不行不行，不接觸自然空氣，年輕人你有禍了！我主張你步行。早上你慣了上班前一小時起牀，坐地鐵，時間啱啱好，自然沒有時間步行啦。你可以利用午飯後，到戶外緩緩散步，從你辦事的電話公司走向高士打道，慢慢到藝術中心去，那兒二樓通向新蓋的「空中花園」，是漫步的好去處。戶外步行，讓肌膚接觸自然空氣。在不知不覺中，每天反覆緩步而行，可以活動全身百分之七十的筋肉，使血液循環，呼吸機能正常，使新陳代謝旺盛，並刺激腦細胞，使頭腦變得聰明。步行有個要點，你可要記住，① 眼平視，② 挺胸膛，③ 雙肩自然垂下，勿像行軍似的緊張，放鬆精神與肌肉，④ 臀部要略後縮，⑤ 手自然擺動，⑥ 步伐相同，配合均勻的呼吸。

Daddy

遊中國

薇：

　　你的兩位好弟弟旅遊回來，你纏着他倆說了幾乎一個通宵，我聽你們說談，到午夜眼皮張不開，睡了。你說羨慕弟弟兩個人加起來還不到三十歲，已經玩了半個南中國。與其臨淵羨魚，不若退而結網吧，你若有興趣，入秋以後我亦可以提起行囊，與你父女遊海南，我想到海南島看看，聽說自海南島建省後，在海口、三亞灣一帶，有熱鬧也有寧靜的一面可供欣賞呢。聽祥祥與宗宗在洱海、滇池間徜徉，又深入不毛之地，到大理點蒼山去浪遊，在蝴蝶泉邊採到不少植物標本，我真為年輕人高興。

　　我相信所謂人的價值觀不是聽了理論可得，完全以用一雙腿跑出來而領悟的。生命何價？看看天有多高、地有多大、人有多稠，自然就明白了，現在不是冷歎低愁的時候，你要地地道道的在祖國土地上來來回回跑一下，鄉愁就有實體的感受。乖女兒，你今年的大假似乎未用，可有興趣與爹地結伴外遊？

Daddy

開學了

薇：

　　你蒸了一盆雞蛋糕送來，難怪兩個弟弟高呼萬歲。暑假完了，他們又唱開學歌，你這蛋糕，上有奶油字：BACK TO SCHOOL 字樣，像慶祝生日似的，他們都領了你的心意。在吹熄蠟燭前有他們自勉的金句「學而後知不足」，我與你媽咪都微笑，蛋糕和糕上的字已經盡在不言中，果然學得我的真傳。你許諾九月起逢周末看看他們的功課，有這位好姊姊他們三生修得，我為你們姊弟情深，甜在心裏。我擔心的是祥祥的數學和宗宗的作文，你可有好計謀？我們一家人都是「數學弱智」，但未必命中注定，宗宗就不像我們，他數學不錯，祥祥上學期數科危危乎，徘徊在赤字邊緣，你認為要不要為他找個好的數科補習教師呢？不過近年中學補習教師動不動一百幾十元一點鐘，當然能不請最好，但今年祥祥升 FORM 4，是關鍵的一年，你有什麼好主意？

Daddy

27

友誼三人組

薇：

　　真好，你對我講艾雲每周兩晚來替祥祥補習數科，她是數中豪傑，我略有所聞。補習那兩天，艾雲下班來我家吃晚飯，這也許對她的腸胃公平一點，你轉達我們的意思吧。

　　待友以誠，我欣賞你與同夥兩人組成的友誼三人組，本來「相見好，同住難」早有明訓，你與艾雲、秀娟情同姐妹，能夠合拍嗒「KEY」，是相互容忍的結果呢，這的確有緣了？我以為緣分也未必靠得住，還必須互讓互諒，你們三個性格都有隨和、容人的優點，我看這是最重要的。下個周末，你約她兩位下午四點左右來我家，讓媽咪做些沙律、椰汁食譜一起同歡同樂，也答謝艾雲為祥祥每周奔走兩次的好意吧！你媽咪跟她的新加坡籍朋友學做馬來菜，剛剛學滿師，讓她有一顯身手的機會吧。媽咪聽我說寫信，她加一句請我告訴你，沙律製法有百餘款，她學了十款，希望能傳衣砵給你和你的同夥。就一言為定啦！

Daddy

交友之道

薇：

　　那天艾雲午夜不停屙嘔，你送她到聖保祿醫院看夜診，自掏腰包替她付車資、診金及藥費，共三百多元，艾雲兩天後痊癒，但她似乎忘了你曾替她付錢的事。你問：好不好追她？

　　同屋好友，艾雲是你屢屢提起的好朋友，記得她送你一套英語學習錄音帶，你回她一個皮手袋，她送你大毛熊，你送她一盆仙人掌盆栽。這是友誼，是禮物的互相餽贈。

　　但當是代支、代付、借錢、借物，就有一個借與還的原則了。今日人際關係可以是很單純，也可以是很複雜。有些原則要堅持，正是化複雜為簡單的方法。

　　友誼是敏感的眼睛，藏不下一粒小砂石。心有不暢，坦誠互訴，就可防止砂石滲入了。

　　找個機會，真誠又平和，提起當天你代她付款的事，並說清楚那數目。你午夜送她到醫院求診，已有一份深厚友情在，相信她不會詐傻吧。

　　　　　　　　　　　　　　　　　Daddy

薇：

　　艾雲真是個負責的女孩子，每次六點準時到達，第一件事檢查你弟弟的作業，然後把早寫好了的例題一一向弟弟講述。言談間處處啟發弟弟思考。跟着又布置作業，一小時分秒也不浪費。她不肯留下吃晚飯，但仍熱情而有禮地跟我或你媽咪聊天，坐一會才客氣地走了。每周來兩次，弟弟説他已茅塞頓開。這個朋友你能交上，是你的福氣。

　　回想上次她病了，你送她到醫院看夜診，卻因為她忘記還你代付的診費，我就機械地教你按原則辦，追討為妙。現在多接觸她本人，淳良而有禮，責任心重，她怎會是「癲貓」的人？我言重了吧。我最讚賞她的是她很有分寸，做事一板一眼，為弟弟補習，他做錯了，艾雲言語間很着緊。給弟弟感覺得錯是無可寬恕的，但她又很會鼓勵別人，聽來叫人覺得很舒服。她有積極進取的性格，值得你好好的學習啊！

Daddy

守秘密的朋友

薇：

你説你喜歡跟阿娟交朋友，就是喜歡她能守口如瓶。你心裏有什麼秘密，説給誰聽都好像不大安全，有的人會口説：「一定代你保守秘密！」但不到半天，全世界的人都知道了，而且，所傳的已經與事實大不相同，蒼蠅已經變成了大象。「代守秘密」這諾言是最靠不住的諾言，能夠懂得守口如瓶這個教訓的，大概只有水裏的魚，因為牠一旦隨便開口，就只有上釣的份兒。

而阿娟果真守口如瓶的性格，最得你心，你把心中秘密説給她聽，就好像自言自語那麼安全。

你記得以前我給你講的一個故事麼？有一個理髮師進皇宮替國王理髮，但撥開頭髮，發覺原來在濃黑的頭髮內，國王有一對驢子耳朵。國王説：「你知道我的秘密，我要殺死你！」後來，國王知道這是全國最後一個理髮師了，以前的都給他殺光了，於是他便饒了他，要他發誓永遠保守秘密。理髮師後來發覺，保守秘密是很辛苦的事。那麼，他有沒有保守秘密呢？你猜猜。

Daddy

薇：

　　《國王有一對驢耳朵》這故事，那唯一知道國王的秘密的，就是替他理髮的理髮師。理髮師一直悶悶不樂，因為守秘密是很辛苦、很辛苦的事。後來，他實在忍受不住了，就把這秘密告訴白樺樹，他對着樹痛痛快快把秘密説了：「國王有一對驢耳朵呀！請你嚴守秘密！」白樺樹沒有口，理所當然會保守秘密啦。卻不料皇家音樂隊有一天砍下這白樺樹，並且用樹枝來做弦琴的弓，用樹幹做豎琴，用粗的樹枝做木笛，木材做打鼓的鎚，甚至用最好的樹枝造成指揮棒。在一次盛大的御前獻藝的音樂會上，全國的達官貴人都來聽這盛大的演奏會。當指揮棒一落，弦琴一拉，木笛一吹，鼓聲擂響……整個樂隊就由那白樺樹木傳出理髮師那一句話：「國王有一對驢耳朵呀！請你嚴守秘密！」

　　薇，這個民間故事還是百聽不厭呢，它一方面道盡了世人所為嚴守秘密值多少錢，同時這故事又把當政者要掩藏的醜態顯現於人前！

Daddy

分析朋友的性格

薇：

　　你的同夥阿娟和艾雲，最近為了一點小問題，彼此不瞅不睬，你夾在當中，不知如何是好。

　　和事佬從來最難當，但成功了，兩方面都會感謝你。我常覺得每個人都是一把獨特的鎖，要開啟它，就是找一條匹配它的鎖匙。阿娟內向，又心事細如塵，喜歡找你獨自去散步？或找間雅緻的小餐館，細心的談心事；平日在多人的場合，就總顯得鬱鬱寡歡的樣子，這種性子的人，容易把不愉快的事收藏起來，藏着藏着，到積聚了相當數量，就會爆發，我看她對艾雲可能已有點滴不滿，以前只是獨自嘀咕，現在是幾乎翻臉了。這種人要勸服她，不能靠一次。

　　艾雲卻相反，她砰砰嘭嘭地把心裏不高興的事都翻出來，心裏卻不記藏了。她那不拘小節的性子，容易不小心開罪別人，但她那「貂裘換酒也堪豪」的爽直性格，又會容易交到很多朋友，正是「知之者不忖」，與她知交的人了解她，也不會生她的氣。分析一下二人的性子，可能對你有幫助。

Daddy

關於爭吵

薇：

　　你說目睹一對好友爭吵，不知如何做「魯仲連」。

　　魯仲連是戰國的齊國人，善於計謀劃策，常常周遊各國，排難解紛，當年秦軍圍趙，他就以利害得失說服趙、魏大臣，勸阻尊秦昭王為帝。我用「魯仲連」的名字，來代表為朋友居中排解紛爭的人。擔當這個角色之前，你可有分析一下，何以有爭吵的事發生？

　　爭吵是有多種的。一種是雙方意見不同，為一個問題而爭；另一種是心情不好，脾氣暴躁，為爭吵而爭吵。生活中偶有爭吵，絕非壞事，正所謂「有話就說，有屎就屙。」把悶在肚裏的話傾瀉出來，就是把一些矛盾攤開來，方便解決。我們有所謂「爭吵」和「爭論」，但英文中卻是 Quarrel 一詞，若學術問題爭論不但不是壞事，而且「真理越爭論越明」呢。

　　因此做調解人，可不要把矛盾掩蓋，簡單地只是幫助雙方保持一團和氣。「一人少句啦」是不能解決問題的。

Daddy

了解自己

薇：

你的回應使我深感女兒思想成熟，真的，為什麼我老是覺得女兒沒有長大？「嚴於律己，寬於待人。」確是最好的待人接物的生活金句。「嚴」與「寬」最容易擺錯位置，對自己吊兒郎當，對別人雞蛋裏挑骨頭，自己做錯什麼卻是可以原諒的，別人一點點不順眼，都大有問題。即使口裏不說，心裏卻容易孤芳自賞，對着鏡子看自己，可欣賞的地方太多了，但在自己的瞳仁裏，反映人人事事，都覺得那麼扭曲，這是缺陷⋯⋯

當一個人能生出這心障，既有自知之明，又能處處發現別人的優點，這無疑是個很可愛的人。你說得對呀，一個真正的有理想的人生，是努力於可給自己見多識廣、辨明是非的機會，又不斷與自己的偏執、保守傾向搏鬥的人生。人真是很奇怪的，沒有經驗時顯得幼稚，經驗豐富了，又會容易覺得只認同自己的經驗而走向固執與保守。難怪有人說：一個人最大的敵人，正是他自己。

Daddy

接受朋友的性格

薇：

　　想不到竟是一條直路，你們三個已約好了，星期日到赤柱灣徜徉一天，在那海闊天空的環境裏，人與人之間還有什麼可以恨的！朋友愛與親人的愛、情人的愛、國家民族的愛，是天地間四條愛的支柱，少了一條天都會傾斜。友誼、友誼，你為艾雲與阿娟重譜友誼之歌，爹地為你的傑作高興！

　　其實矛盾點是善於或不善於接受朋友的性格。一樣米何止養百樣人？性格差異正是人的最大特點，也正是萬千種不同性格、氣質，使我們生活在一個多姿多彩的世界，「若要我像你，除非兩個你」，你交一個朋友，你就得接受他的性格、氣質，凡性格、氣質都沒有十全十美，這世界亦沒有完人，接受一份友誼，就包括了解友人的優、缺點，並且避免相互的缺點成為互相的損害點，善於相互吸收長處，這份友誼就可以長存了。一個善於處理朋友關係的人，踏足社會從而走上成功之道呢。

Daddy

尊重別人的生活方式

薇：

　　我是主張尊重別人的生活方式，不要輕易在心中給各人劃等級、劃界線。一些自以為有理想的人，去評定別人的生活態度，是中國人千年的弊病，這種弊病走到極端，就是一種「左」的思潮。爹地青年時是這樣子的：這個朋友思想骯髒，那個朋友言不及義；某甲沒有生活理想，要去幫他一把；某乙觀點有問題，要敬而遠之⋯⋯慢慢就變成以為真理只在自己的一邊，所謂「眾人皆醉我獨醒」。其實，社會多元化，人的思想亦不免多元錯雜，社會不是早有法律與道德做樊籬嗎？我曾走了很多冤枉路，錯失了很多朋友，才慢慢醒覺。不是說人不要分清是非，不是的，分清大是大非，當然必要，但千萬不要把這種「是非」，圍在一個特定的圈裏而自己成了無形的判官，以為世事非黑即白，忘了有一條很寬的灰色地帶。你同意嗎？

Daddy

睡前故事

薇：

　　風季帶來雨水之外，還會帶來好眠之夜，你説沉沉大睡了兩晚，一睡十小時，發覺充分休息會帶來心曠神怡，心中鬱結也像飄然而去了。真好！你這麼説倒想起當年你要聽一個睡前故事才肯入眠，為此我買了幾本什麼安徒生、格林兄弟等等的童話回來做惡性補習，有時你未聽到一半已酣然入睡，有時我講了一個，你還眼仔靈靈。這是你三歲、四歲的事。五歲那年送你回鄉，外婆來來去去只有「熊人婆」的故事。你嚷着要聽新的，她就從牀板下找到本《梁天來》給你講一段悲劇式的故事，外婆説你越聽越哭，睡意都沒有了，以後就不講了。你就常常問她結尾怎樣啦，她就笑着説：「魚尾煲湯了，魚尾嫌腥掉了，沒尾啦！」上周回家吃飯，你看見桌上有魚尾煲木瓜湯，叫你記掛鄉間的外婆了，「魚尾煲湯了」，唉，不知外婆的白內障怎麼樣了⋯⋯

　　你媽咪叫我順便告訴你，你的同夥阿娟和艾雲託她訂的演唱會票已經可以來取了，因為今次她有五張贈券，留了我們三張，這兩張剛好就送給她倆，分文不取。

Daddy

「飛位」

薇：

　　我們一行五眾，去捧梅艷芳的場，我亦因而有機會廁身青年人堆中，真好。這次媽咪朋友送的贈券，聽説是一家廣告公司轉接送來的，可惜位置不太好，後了一點，但臨場看來空位也不少，看不到半場，你和阿娟、艾雲飛位去了，我看着你三個的背影，往前挪動一下，就消失了，你們究竟飛到有多前呀？沒有遇到帶位員干涉嗎？看來你和阿娟都有點被動，艾雲在後面推，她是個不按牌理出牌的人，這個社會，往往是這些人勝出，你兩個半推半就，還是飛位飛走了，留下我和你媽咪，安於現狀，抱「既來之則安之」的信條，乖乖一直坐在後排，直到散場。這種對待「飛位」的行動取向，也許亦反映社會一種心態——飛位本來沒有任何人受損，因為票賣不去，位置是空定了，讓付較少錢的人，坐到較好的位置，應是資源的更好運用，但道理似乎不能這麼説，因此就有執法者（帶位員）會來阻止，要人們還是付什麼錢坐什麼位。一些不安於位的人，就是要佔進去！

　　　　　　　　　　　　　　　　　　Daddy

過獨立生活

薇：

　　你説搬出去兩年，過獨立生活，學會了自己管理自己，學會了遷就別人，而父母兄弟的親情亦未冷落，星期日回家一趟，一家人更應親切。你覺得收益多，我也只好每天寫我的信。説真的，我也感到你確實成熟多了，與你同住的阿娟和艾雲，就説你是「室長」。你這一室之長，管廁紙、肥皂缺了要添買之外，可不要權力膨脹才好。我看你三個人，三個性子，阿娟人如其名，娟秀可人，像《紅樓夢》中哪一個人物？那天我看見她拿着電話聽，不知跟誰説話，捧着聽筒有半小時，聽着聽着眼眶濕了，她可算是多愁善感型？艾雲是個時髦女性，她比你大麼？大耳環，常轉換髮型，待人熱情如火，也許與她在夏威夷住過幾年有關係吧。你在他們中間，似乎是平衡了兩副迥異的性格。你説與阿娟予人是一對姐妹的感覺，與艾雲一起卻給人「一對夫妻」的感覺。我聽了一時也不明白，所謂「一對夫妻」是怎樣子的？不過，「相處好，同住難」，你們不覺其難，就好了。

Daddy

養寵物

薇：

　　你們三個女兒家想養點寵物，問我有什麼好建議，寵物不外乎貓、狗、鳥、魚，再不然是葵鼠、白兔、小龜仔。你們三個單身青春荳，照顧自己已自顧不暇，如果要養寵物來調劑生活，我以為還是不要養那些要灌注過多愛心的小動物。貓、狗不耐寂寞，要人多多照顧，除非你們認為時間花得起，又不會弄至「三個和尚」你推我讓的局面，否則不要考慮養貓養狗了，還是養缸魚兒吧，買一個好的玻璃魚缸，安裝一個濾水器，使水常保持清潔，然後選幾對看上去閒適安祥的熱帶魚。例如神仙、珍珠馬甲，選些大種的，一兩對就夠了，供魚兒寬鬆、愉快，缸底不要布置複雜，幾個雅緻的貝殼，三幾條茜草就好了。缸邊裝支小光管，使水看來美麗清明，又有濾水器使水流不息，平日可用熱帶魚乾糧，周末才給牠嘗嘗紅蟲。那麼，下班回來，有些閒適快活的魚兒做伴，有水聲潺潺，生活就添了情趣。

Daddy

薇：

　　寬鬆感覺才會使人喜悦，喜悦才有動力。一個愛民的政府，就常常給老百姓以寬鬆愉悦，而絕不製造人為緊張。待人接物亦如是，人與人的關係，能鬆則鬆，能寬則寬；動不動上綱上線的原則，太可怕了。養一缸魚亦如是，給魚兒以寬闊的空間；若一個缸仔，養兩三對大錦鯉，魚兒轉個彎就碰頭，還說是風水魚，這樣碰頭碰尾，有什麼好風水可言？但有人就是這樣子養魚。你若決定養魚，我希望你多為魚兒設想，愛魚之心不可無，否則還是不養為妙。你三個人養，就要先來個君子協定，輪值照顧魚兒吃的問題，水温的料理，清潔缸內缸外，換水亦頗費勁，都要有個心理準備，養魚要養得開開心心，否則三分鐘熱度，三兩個月魚缸成為臭水缸，就糟糕了。爹地也許說得緊張，但這是忠告。養寵物是訓練一個人對自己之外的另一個的關懷，而且年年月月，產生愛心；目中無旁人的，都不會養好寵物。

Daddy

童話與寓言

薇：

安徒生的童話中，有一個雪女皇的故事，我最近拿來重讀，寫得非常美麗，我把故事留着，等待旅遊在瑞典停留時，那一個晚上一家人睡在牀，由爹地來講安徒生這個故事吧。

雪在日本的民間故事裏，並不冰冷，日本民間相信有雪后，她披着雪袍，在雪地上空游曳，當看見誰倒在雪地上，她就把雪袍蓋在他身上，給他溫暖，讓他不會冷僵，然後當他蘇醒過來這一刹那，雪后就拾起雪袍，隨風飄到天空上。黑澤明這位日本電影大師，曾拍攝了一輯折子戲，合成為一套電影《夢》，就有日本民間故事雪后的倩影。這電影，最近在灣仔海旁一家專門放藝術影畫的戲院放映呢，你可不要錯過。香港沒有雪，卻使我分外想念雪。

Daddy

薇：

　　我忽然與你説童話。你問得妙：明知童話是假的，為什麼，還可以不斷流傳？這不是反證了人們喜歡假多於喜歡真嗎？如果童話裏沒有奇幻的仙子，會説話的木偶，可解語的花草，有感情的山石……如果這些虛假的東西都沒有了，童話就不再吸引人了，就會乾巴巴一點也不動聽了。這樣，是不是可以用來證明人還是喜歡假的東西呢？

　　你這問題，內裏就可衍生三個問題了。① 什麼叫做真？什麼叫做假？② 是不是可信的才可愛？不可信的就不可愛？③ 什麼叫浪漫？人為什麼需要浪漫？薇，如果你有興趣，我是願意與你多加探討的，其實這就是認識生活、認識事物的內層的學習。一個可愛的人，一個可愛的女人，都是善於從表象裏看到深層，不會看見表象就影響自己的情緒。「童話」確是一個好例子，為什麼童話明明是「假」的，是「哄」孩子的故事，但人們都喜歡它，甚至到了成長後仍戀戀不捨於「成人的童話」呢？

Daddy

44

薇：

　　《伊索寓言》你聽過吧？其中一個故事講狐狸想吃烏鴉口中含着的一塊肉，但烏鴉硬是含着不肯放。狐狸就讚美牠：「你是天下間最美麗的雀鳥，每一根羽毛都美得交關；你還有一副最美的嗓子，輕輕唱一句都會叫眾生顛倒……」烏鴉經不起吹捧，就開聲想試試自己的嗓音，一開口，含着的肉墜下，狐狸搶去就走了。這故事是那位了不起的伊索説的，他假借動物會説話，卻闡明了一種人性：真刀真槍去搶，你會拚到底；甜言蜜語去哄，你卻乖乖奉上。這樣的寓言、童話，是文學家的高超創作，譬喻人生種種，亦滿足了人的好奇和引發人的幻想力。這樣説來，這不但不是假，而且是一種極有概括力的真實！所有成功的文學、藝術品，都有疑幻似真的藝術魅力，就如看畢加索的畫，看中國美術大師的意象山水，你怎能説那是虛假騙人呢？

Daddy

真與假

薇：

　　要損人肥己，常常要作假，因此假是可惡的。而物競天爭，當保護自己，有時須要作假，這假卻不壞。當一個人成長了，成熟了，對「假」的恰當評價，就成為必要了，但「假」好比毒藥，特殊時刻用之可以救命，濫用、亂用終究害了自己，「君子坦蕩蕩，小人長戚戚。」常作假的人不會快樂，心中戚戚然怕假會被拆穿。假是沒有的東西偏說它有，因此假是反自然的，如果擁護科學，熱愛大自然，就會厭惡虛假。

　　有一點容易使人誤會為假的，就是「假借」。假借雖然有一個「假」字，但它不是假，童話故事裏，就會大量用了「假借」的方法，來寄寓人的感情，闡釋人的思想；或假借為一個故事的轉接。著名的《灰姑娘》童話，講一個窮苦女孩子以她的美和善打動了王子，使她擺脫貧困，「從此，過着幸福的生活。」故事中間有玻璃鞋，有南瓜、老鼠變馬車……這些假借是用以完成一個生活中可能真實的故事。

Daddy

薇：

我從沒有說過瑪麗的壞話，但有人說我講了不少瑪麗的壞話，散播謊言的人抱着一個目的：使我與瑪麗不和。凡造謠者均希望產生破壞作用，謠言就是一種假話，又如我不曾讀過法律，但我告訴別人我是大學法律系畢業生，目的是把自己拔高，凡吹噓一個人的才學、成就、業績，希望產生膨脹的作用，吹噓就是一種假話。假的東西都是無中生有，務求做成破壞與傷害，或務求產生假象，有利於欺詐。

還有一種「假」，是為了保護。木葉蝴當把雙翅合起來，像一片枯葉，這種偽裝為了保護自己，使敵人以為牠是枯葉而放過牠。叢林戰的兵士無論制服和面孔都染成黃一片、綠一片，這也是為了保護自己的偽裝。老祖母的兒子在外地死了，親人告訴老祖母他的兒子沒有死，還偽造他的筆跡寫信給老祖母，這種假是為了想保護老祖母的健康。薇，你替爹地補充一下，「假」還有哪幾種？

Daddy

薇：

　　朋友告訴你昨夜看見外星人，那不可信，但也許你覺得他說得挺可愛，我們常常會在不可信的事物裏，發覺其中有可愛的成分。但人一生可信的事情，卻是鐵血般並不可愛，反而叫人寒心，虛假如果不是為了營一己的利益，有時一點虛假是可愛的。我們愛天虹，除了它有七色排列，還因為你抓不住它，它就象徵了不少虛假卻美麗的東西。美麗的誤會、美麗的謊言，都是人們容易掛在口邊的說話，甚至，故意為自己織一個虛假的幻想，使自己有一時的陶醉。這是為什麼呢？當社會越趨不合理，當人性越趨醜惡，就越有人寧抓住不可信的美麗去滿足自己追求可愛的心理。最近，你與艾雲、阿娟去看的電影《風月俏佳人》，荷里活的老闆，不是開宗明義告訴你，這是不可信的可愛麼？這電影就憑這點大旺特旺，抓去不少人口袋裏的錢。

Daddy

何謂浪漫

薇：

　　你問我人是不是要有點「浪漫」。也許爹地在你眼裏真有點古板。以前我怕在兒女面前不能做好表率作用，如果想放蕩不羈，也不應在你們的面前表露呢。現在你漸漸長大了，希望有一天，爹地也可以和你一起癲一癲。「浪漫」——我的理解是生活的彈性。橡筋能長能短，就是因為它有許多彈性啊。一方面是生活目標宜有彈性，另一方面，生活在社會中，扮演的角色有彈性。靈活的彈性，就是浪漫。

　　你的目標是買一間兩房一廳的房子，但當房屋漲價，你能力有所不及，亦可以浪漫地弄一間「草廬」，正是室雅何須大，設計上有點意思也無妨。類似上例，巧妙地變換目標，是一種浪漫。

　　變換角色也是一種浪漫的情懷，我是你的爹地，如果我一如你的朋友，做波士的，變換為職員的同事，是需要浪漫的勇氣。

Daddy

薇：

　　浪漫常常是感情色彩的東西，它需要你豁達、樂觀的個性，要你開放你的內心世界，它需要一個人的想像力和多少詩意的情懷。浪漫常常表現為放蕩不羈，但卻不是放縱自己。懂得浪漫的人不偏執、不封閉，懂得浪漫的人亦不排斥現實世界中的繁瑣與卑微。浪漫的人熱愛新鮮事物，追求思想，不輕易向現實低頭。

　　我說了一大堆，把從英文譯過來的 ROMANTIC 解說得過了頭也說不定。但我是欣賞浪漫性格的。不要把生活處理得那麼一板一眼啊！沒有變奏，沒有奇想怎行？特別是生活壓力和工作壓力相當沉重的香港人，更需要有點浪漫的精神，彈性地處理生活。我一時也未能給你舉一些什麼恰當的例子，希望你來說說。日前和你筆談「真與假」不料引到浪漫情懷，真是談興不盡呢。

Daddy

關於謊話

薇：

上周你和幾個同事宴請一個辭職的師妹，這位師妹幹了半年，最近說到外國升學，已經訂了機票，你們不但請她吃了一頓豐富的自助餐，還送她一對金筆，並有依依惜別之情。但昨天你在路上碰見她，她笑笑說：「沒法啦，找到另一份好工，就撒個謊話好向公司交代嘛」。說着一點不好意思的表情也沒有。為此你很傷心，給別人騙了一份依別的感情。你問為什麼有些人說謊毫不面紅，以後怎樣去識別真話與假話。爹地只能告訴你，世事原本就不完美，確有不少人一天到晚活在自己製造的謊話裏。但我們卻不能因此對真善美喪失信心。如果沒有人受傷害，有人說的謊話也由他去吧。本來你的師妹可以直說厭倦了原工作，想轉換一下工作環境。但一旦謊話說慣了，明明可以說真話也隨便用謊話搪塞，那其實是說謊話的人的損失，積下來有一天信譽破產，沒有人相信他，那才真正可悲！

Daddy

51

工作的抉擇

薇：

　　你在電話公司幹了三年接線生，有點厭倦，但又捨不得三年累積的資歷與較高的工資，還有大公司合理的員工福利，外邊未必都有，你矛盾啦。

　　電話公司是你離開學校的第一份工作，記得第一年你有強烈的新鮮感，同事的打扮、師傅的作風、打電話來的人的千奇百怪表現，你也可以跟爹地聊天作話題。第二年不見你說，但仍然得到「一○八中心每月之星」獎，被同事稱呼你是「電話查星奇才」。最近一年，你說快成機械人了，每天接一百多個電話，來來去去是那幾個程式。

　　你的感覺才是最重要的，你如果已失去工作愉快的感覺，而外面機會又多的是，容許你再去選擇，那麼你就不要三心兩意，轉工去吧！只是離職之前，你仍然要在原崗位做足一百分啊。

　　記得三年多前你離開學校，我和你媽咪都說託友人替你找一份好工，但你堅持不要，你要自己去闖，你找到這份工，一幹三年，你該滿足了那份「闖勁」了吧？我建議今回你讓爹地替你找，好嗎？

Daddy

薇：

　　你與阿娟在尖沙咀徜徉了一個黃昏，回家給我來了個電話，你說香港好美呀。是你的心情忽然變「靚」了，還是風景變美了？我從你的電話中似乎隱約知道我的女兒已經在愛情路上柳暗花明又一村了。

　　尖沙咀海旁的黃昏，確是美得醉人，從渡船小輪的碼頭一側開始，一條新建的羅馬式的長廊曲徑通幽，而且分有上下兩層，海灣船影在近，高廈美宅在遠，背後是文化中心平闊的牆壁，成斜角擎天而立，你試試下次竚立長廊的上層，再戴一副耳機，聽聽你醉心的輕音樂——不要有人唱那種，這時候，你會覺得生活給你那麼多，活在這世上，你贏取了不少良辰美景，你要保住這些美麗的日子，並且要開創未來，要回報社會……我說得對麼？

　　你說阿娟鼓勵你還是辭掉現在這份工好。平穩、安定確是你現職的最大優點，也似乎適合你的性格，而偉民伯伯那裏，我所知他會倚重你，會給你很多責任，也可以從中學到及體會工商業管理的竅門，但一定會很忙的。你再決定吧，不要又弄得精神緊張才好。

Daddy

薇：

　　情緒這東西很奇怪，它有時會間歇地弄得人很不開心，鬱結會莫名其妙襲來。你說最近老覺心情緊張。工作沒有加重，朋友沒有變動，緊張何來？我懷疑是最近你提出想辭工，又聽到我介紹有一份高薪工作等你去幹，你一方面捨不得原來的同事和熟習的環境，一方面又怕新的工作未必適合自己……這些擔心積累起來是會叫人神經緊張的。

　　紓解的方法是隨遇而安吧！一動不如一靜，就別再想轉工的事了。另外，會不會是愛情上的不愉快做成呢？什麼時候約爹地談談？

　　情緒緊張已經成都市生活的「例牌菜」。有些人用酒精藥物、香煙來做暫時的鬆弛，也有些人會用過度工作，過度參加活動來逃避，更可憂的，有人在情緒不安時，會多吃東西。你記得麼，我們的鄰家女孩芬妮，前年離家到澳洲唸書，一年後回來，竟胖得變成幾乎另一個人，問她原因，她的分析是思家病的表現，因為想家，情緒不安定，竟就常常想吃東西。你可小心呀，不要用任何消極方法去紓解情緒才好。

Daddy

薇：

　　心境泰然，是人的常規。人的生理與心理結構使我們能在波動中自我平衡，因此，你説最近白天工作忙碌又緊張，要面對很多人，也要處理一大堆事，但每到五點鐘，心境就會自動鬆弛，回家已泰然自若，緊張忙碌都已置諸腦後。薇兒，你這麼説，爹地真歡喜，因為我知道你已愛上這份工作，因此忙碌緊張與紓解放鬆能自然地互相調劑。一個人最怕是緊張得不到紓解與緩和，白天工作，下班後心裏似乎還未放下，不少人神經衰弱都是不斷緊張、不懂放鬆所致。

　　我主張你小心地安排多作積極的休息，上牀睡覺，是休息，那是一種消極的休息；所謂積極休息是讓身體的機能調換一下，一個不停用腦的人，那麼，改換一下去運動，去活動筋骨，這樣腦的緊張得以紓解，運動正是積極的休息。對於一個體力勞作頻繁的人，若調換一下去靜靜地看看書刊，或一盅兩件歎歎茶，也是積極的休息呢。

Daddy

薇：

　　昨天到好友偉民的寫字樓去。我看着他白手興家，他長袖善舞，已開了兩間手錶廠，偉民是看着你長大的。記得我在新加坡的五年，他常代我匯錢返鄉給你和外婆。現在他兩個孩子都出國了，一個在美國侯斯頓搞太空研究，而女兒嫁到溫哥華去。他聽我提起你，就說早想找個自己人做助手。他是從山寨廠興家，慣了自己一手一腳處理業務，現在六十快臨，精力有限，偉民嫂去年因鼻煙癌回道山了，家中全交託菲傭料理，在窩打老道山有間千來呎的寓所。

　　薇，如果你真想換換工作環境，我帶你去見見偉民伯伯吧，他知道你已有三年工作經驗，是大公司的職員，就說正好當做他的左右手，管財政、管人事、管廠務，甚至管生意，什麼都當。工資方面他一口就說給你八千元月薪，還有些其他津貼。我說只怕你做不來或者嫌辛苦。你也許怪爹地這麼說。我們這一輩慣了將話說在前頭，其實，我心中說：我這乖女若來幫你，你執到寶了！

Daddy

56

薇：

　　晚上偉民伯伯來家找你，他不知道你遷出呢。事情湊巧起來是無厘頭的。昨天我才提出他想請你當他的助手，今天，他為電話被截線而大動肝火，又哪曉得「一〇八」五十多個接線員，偏偏投訴電話由你接上，他說因為這幾天人躁火，所以接過電話就兇巴巴的罵人，當他報上電話戶主姓名和地址，他聽見你嗲嗲的一聲：「偉民伯伯」嚇得他忙把電話「咭」了。今晚特地來向你道歉。後來在我家掛了個電話給你，沒有接。

　　真是「不打不相識」嗎？他的躁火正好說明他是被雜務纏瘋了。怎麼樣？遞辭職信了麼？願意接受新挑戰？後天星期日跟我到觀塘他的工廠看看吧，手錶廠環境強調一塵不染，也許適合你的。看來，他很有誠意。

　　工作使人煩躁，生活上常常會接觸無厘頭的躁火人物，不小心，就會相互風來火去，使煩躁之火更烈。相信你一日「耳」對上百個陌生人，一定常遇躁火的人，因而學會諒解他們，甚至讓他們一服冰涼劑，是嗎？偉民說當時你嗲一聲，他沸點驟降，及後深覺愧對世姪女呢。

Daddy

淺嘗愛情苦杯

薇：

　　你和媽咪往哪裏呀，在家等了你半天，竟失約未能到觀塘探望偉民伯伯，我已打電話向他道歉了。他一直懷疑那天他在電話中的咒罵是否使你耿耿於懷。

　　你媽咪回來，從她口中知道你最近的苦惱。我聽了倒有點高興，愛情苦惱終於介入我女兒的精神領域了。愛情是一件複雜的工程，大廈也不會一天建起來，沒有苦惱才是怪事。你未能對我說，媽亦十分認真，替你嚴守秘密，只輕輕說你在淺嘗愛的苦杯。那麼，我也不瞎猜，但我相信愛情路上每個腳印都會有意義。媽咪大概已授你錦囊。不過，爹地可能從男性角度觀測、揣摸，會給你一些中肯的意見，你何時悄悄地把秘密告訴我呢？你知道我與你媽咪是幾許風雨同路，同甘共苦最能冶煉愛情。現在，時代也許與我青年時代不同了，你與那位我還未認識的他，有什麼波折呢？

Daddy

58

決定辭職

薇：

　　你決定遞辭職信了。這也好。三個月前介紹你的一份，你不合意，今天可有什麼新打算呢？

　　職業給我們的，有五個方面，缺一二個可以接受，如果只餘一、二個條件，不幹也罷。這五個方面是：① 一份還滿意的薪金；② 一組合得來的同事；③ 該職業能帶來一點樂趣；④ 能給自己一份技能的滿足；⑤ 有晉升前景。五個方面，不同的人有不同的取向，有的人最緊要開心，若工作不愉快，即使高薪也不幹，有的人重視技能學習和有晉升前景，薪金稍低也無所謂。這都不是問題。當然作為父母的期待，是第④⑤點了，但如果工作未能帶來快樂，上班成為苦事，那又何必作賤自己？

　　乖女兒，無論如何，爹地支持你，轉工吧，或者，半工半讀，再進修一些大學課程，也是不錯的，你有什麼考慮，不妨與爹地談談。如果你願意接受爹地介紹，爹地也可以在朋友中放放聲氣也。

Daddy

期望與失望

薇：

　　你捧起電話，就説：「爹地，我怕失望。」嚇了我一跳。後來才知道你今天去面試。雖然反應敏捷，但有些話似乎説過了頭。這份新工作你是頗希望獲得的，但你害怕失望。有期望就可能有失望，有一個公式是這樣的：$F = V \times E$。

　　如果 F、V、E 是三個數字，就是説其中兩個數字增大，第三個數字亦會增大。

　　$6 = 2 \times E$，這 E 是 3。

　　如果 $12 = 3 \times E$，這 E 就是 4。

　　現在 F、V、E 不是三個數字，而是在期望裏頭，F 是達成期望的興趣和所用的力量；V 是期望的人想得到的價值；E 是期望的目標能否實現的比率。

　　現在，你在求取 E 有大比率。

　　但是，F 大嗎？V 大嗎？也就是説，你對這份工興趣有多大？為了謀得這份工用了多少力量？你希望這份工作能給你的價值有多厚？

　　如果 F 和 V 都不是大數值，你的成功率也不會高到哪裏了。

Daddy

薇：

　　你奇怪怎麼期望也有公式可尋。有人善於把頗為抽象的問題現出一個內外的因素和規律，就設計成一個公式。這是很好玩的。譬如這個世界，女人 W、離婚率 A、男人用情不專一 M，這三方面任何兩方面增加了，都會引起第三方面增加，或可以又用這公式來表示：

$$W = A \times M$$

　　又譬如，快樂 H、成功率 W、勤奮 D，亦可合成一個公式：

$$H = W \times D$$

　　但是，有時候一方面的上升卻反而引起另一方面的下降。例如：健康 H、心境 M、挫敗率 F，這三面的關係用公式來表達，就是：

$$H = M / F$$

　　看上邊這公式，我們就能意會到，健康和心境良好的人，是會減少工作挫敗率的，而挫敗率增加，健康和心境都會產生壞影響。

Daddy

薇：

　　期望的情緒可增強一個人的進取心，但若不能接受可能帶來的失望，又會使一個人精神萎靡，頹喪在心。中國古代的哲學家莊周教人「得而不喜失而不憂」，我倒願意接受他論理的一半，即「得而歡喜失而不憂」。如果得到卻沒有快樂的感覺，期望的價值就不高了。莊周的理論大概鼓勵一個人無欲無求，但是，現實世界給有期望有欲求的人不少獎勵。如果期望是可行的合理的，倒是推動一個人不斷向前的動力呢。

　　一方面，期望不是空想；另一方面，實現期望要準備連續不斷地奮鬥。如果你今次見工不成，你不妨再找一份你很有興趣又頗具挑戰性的，得到之後，你會歡喜若狂的，亦估計自己條件與能力都適合的，然後，你用最大的力氣去爭取，一旦有約見信件，就做好各種面試的準備。總之張力拉得緊些，成功率會大些。有時所謂「中間落墨」，會變成錯過越級的機會。

Daddy

談滿足

薇：

　　你和阿娟近來都轉工，你看來已經獲得多份滿足感，但阿娟似乎沒有你幸運，她轉工後薪金比以前的多了近一倍，起初她很滿足，可是最近你和她談，她則留戀從前那一份工作，她說：「我現在才發覺，薪金的滿足有時及不上工作有成功感帶來的樂趣。」

　　人的滿足感來源包括生理上的滿足，平穩安全的滿足，人際和諧的滿足，榮譽、讚賞的滿足，業績成就的滿足，求知求真的滿足。

　　一個自認幸福的人，就是在這六種滿足之中，得到三、四個以上的滿足。香港人講究金錢的滿足，這也是有道理的，因為金錢上的滿足，就容易促成多個方面的滿足。但金錢也有負面的挫敗成分，貪婪的人永沒有金錢滿足的時刻，濫用金錢又會使你人際失敗，遠離求真求知的路。你說你很滿足，你能捫心自問，你滿足的是哪幾個方面呢？

Daddy

薇：

　　你問我一個人生理上的滿足是不是最起碼的？生理上的滿足說得淺近一點，我是溫飽滿足，進而是性滿足。吃得滿意，穿得好看，有個好愛侶，生理滿足，那就一百分了。這中間有一個標準的問題，埃塞俄比亞的飢民，能有兩頓粥，已經滿足，香港的中產者，可以常上餐廳、上茶樓，才算是起碼的食的滿足。但如果不是貪得無厭，一般香港人都會有一個城市平均生活指數的標準。總之，只要不苛求，在各種滿足之中，生理上的滿足是最容易獲致的。

　　愛情上的滿足不全是生理滿足，否則變成唯性慾論了。一個理想的年青人，會帶給你多方面的滿足，生理之外，他給你安全感，他給你和諧的人際，他給你尊敬與讚賞，他助你取得成就，他引發了與他同途邁進去求真求知。因此，愛情最偉大是有道理的，因為一個優異的情侶，他可以給你同時帶來六個方面的滿足，世界上沒有一種東西有這種能力。

Daddy

64

關於感情

薇：

　　感情之為物，虛無縹渺，你掌中的感情線深且長，又無橫枝，雖然我反對宿命論，但就你感情深沉，外冷內熱這特點來看，感情線亦似有所啟示呢。感情豐富是我們家族的特點，這本無所謂優劣，但弱點是容易感情用事，理智不足。一個感情豐富的人，需要精神慰藉多於其他，因此，如果他與書本結緣，與文學藝術結緣，容易有所收穫；他要求一個朋友和情人，常有關懷的表達，若遇着個不善表達的冷漠者，是會很難受的。過分的感情敏感，也會吃虧，因此，要常常提醒自己淡化感情，讀些理論性的書加強自己的分析能力。人與人之間冷熱不調，就交不上朋友，最怕是你喜歡上一個人，最初大家都那麼熱情，後來一個是冷了，另一個就不好受了。我感覺這世界冷的人漸多，COOL 亦成莫名其妙的時尚，因此熱情也特別容易吃虧，容易不適應這常常講現實、講委曲求全的世界，我這點對感情的分析，未知能答中你的問題否？

Daddy

薇：

　　不笑、不哭、不喜、不憂，這不是變成麻木嗎？我不欣賞這種性子，所謂喜怒不形於色。這樣子的人有兩種可能，一種是城府甚深，意思是胸懷裏有門、有扉、有玄關、有廳堂……重重疊疊，總不到房子裏；你對他說點坦白的建議，他默不作聲，「嗯嗯」一兩句，就沉思着你的話，他又總無答覆，不置可否；面前有什麼悲、喜的事發生，他亦冷若冰霜，似乎要看透悲、喜事情的背後，而後才輕易表態。這樣的人，你也許碰過，你作何感想？喜怒不形於色的人，還有第二種可能，是天生遲鈍，凡事慢三拍，這是先天的問題，就與老於世故的性子全無關係了。你忽然對我說，不想保留天真純品的形象，想改一下，但也不想做「邪派」，因此就想「冷」一點，就是不輕易笑也不輕易哭，不樂也不愁。我不曉得你有什麼感觸，為何會有這種想法？人漸入世，社會的塵埃侵襲，漸漸變得老於世故，這也難免，但是，這一點無須追求。

Daddy

兩難處境

薇：

　　你聽了一個笑話式的問題，問我世界上可有這樣滑稽的事？笑話說有一個天真的兒童，遇見了上帝，他問道：「上帝，請問你能不能造一塊大石頭，這塊石頭是你無法舉起的？」這可真叫上帝為難。若說能，那麼上帝就不是無所不能了，因為竟有一塊石頭連他也舉不起；人家亦非萬能了。

　　這故事叫我想起一首古詩，古詩是這樣寫的：「欲寄征衣君不還，不寄征衣君又寒。」這是寫丈夫出征打仗，在後方的妻子在寄還是不寄征衣的問題上，站於「兩難」的位置。而剛才那笑話中的上帝，是寫故事的人，有意給上帝碰到個「兩難」的問題。薇，你可曾亦遇到「兩難」的選擇？女孩子戀愛，就常常把自己放置在兩難的位置上，正是「相見時難，別亦難」，或「魚與熊掌，二者不可兼得。」

Daddy

薇：

　　人生若平靜，沒有衝突、沒有煩惱，那該多好。但雖然不至於不如意事常八九，卻一個人不能不面對不如意的事做些心理準備。人不免要常常面對選擇，而選擇又常常在「兩難」處境。今天，不少人就在「移民、不移民」上立在兩難的位置。或者女人步入三十時面對求偶者產生愛與不愛的兩難處境……「兩難」心理使人煩惱啊！這種處境常常會是感情與理智的衝突；或是承擔個性解放的衝突；一時利益與長遠利益的衝突；他人重要還是自己重要的衝突；人情與法律的衝突等等。這些衝突，都要由自己來分析，也不妨聽取朋友的意見。一個成熟的人，會多考慮理智、法律、道德、長遠利益、朋友關係、國家民族位置，當兩難處境時，會作出較成熟的選擇。但是，這選擇可能會令自己長久不快樂時，又得考慮你的人生目標了。總之，「兩難」也真是難、難、難。

Daddy

薇：

　　你對我提起的「兩難」處境很感興趣嗎？其實種種「兩難」，歸納起來不外乎三大類：

　　一是「魚與熊掌」。男朋友 A 君英俊瀟灑，男朋友 B 君本領高強，在選擇上，兩難心理油然而生。選 A 還是選 B 呢？凡是兩個目標都合自己心意，卻又無法兼得，所以產生「正正衝突」，這是常見的兩難之一。

　　二是「長痛短痛」。俗語有說「長痛不如短痛」，當兩個目標都不是自己需要的，但又無法都棄掉，只選其中，或出現「負負衝突」的兩難處境。一個長期抱病的人，是抱着殘生活下去，還是自我了斷？道德上自殺是不容許的，抱病卻可能要忍受長期的痛苦。類似的「兩難」處境，生活中偶有出現。

　　三是「正負相衝」。例如某病人接受好朋友捐給他的一個腎，使他生命可以延長，但他的朋友即可能短命了，怎麼辦呢？

　　　　　　　　　　　　　　　　　　Daddy

擁抱生活

薇：

　　你別怪我，我什麼事情都容易當真。你問我一個問題，我就敏感，這問題發生在你身上的？這樣，可能就堵塞了以後父女的溝通。你長大了，思想海闊天空，都可以馳騁，我應該提醒自己，不要什麼事情都套到女兒身上，聽你問一個問題，就先怕你是煩惱的焦點人物。我想「代溝」不一定是什麼價值觀殊異呀，看事物南轅北轍呀等等，可能是敏感與猜疑作怪，自以關心做出發點，卻又過了頭，變成了干擾。是技術問題，不是是非問題。這點我倒要多提醒自己。

　　最近友人約我去為成人中心做義工，我去過幾次。成人中心參與活動的都是青年人，我這個義工，原來是做些技術顧問一類的工作。上周末還與一羣二十來歲的青年一起到鹿頸跑了一下，我心裏提醒自己，不要「口水多過茶」，我一直保持聽多說少，竟與他們享受到大自然與陽光。

Daddy

薇：

　　「生活」有時是蜜糖，有時是苦艾。中國人做詞做字，都有他的一份哲理與內涵，本來「生」與「活」都是一個近似的意思，有別於「死」，但這個近似的字合起來，卻是有比海洋更浩瀚、比錢財更豐富的內容。我們天天生活，天天享受生活帶來的樂趣，或天天忍受生活帶來的悲愴；天天為生活的未來的拚搏，亦天天譜寫生活的哀歌。生活是不停的獲得，又是不停的回報，人的喜、怒、哀、樂，其實是生活給你加添的顏色，它裝點了生活，使生活有了橫、闊、縱、深的容積。

　　乖女兒，你收到我上日「說良辰美景」的信，浮想乍起乍落，給我寫了一封長信，讓你最後放棄了一段維持半年的愛情的經過。過去的總會過去，無論宿命論的過早評價命運，中國人都認為「五十而知天命」，你才廿來歲，應去捕捉你生命的光采，尋獲生活快樂泉源的時刻，任何「冥冥中有主宰」一類的觀念，對青年人都有害，「二十而知天命」？天機過早洩漏，豈非誤了大好青春與勇往直前的機會？願你緊緊擁抱生活，創造未來。

Daddy

薇：

　　所謂「靜觀其變」、「冷眼看世界」，確有人奉為圭臬，但我希望我的女兒不要這樣。所謂「冷」，就是疏離，自閉，自我中心；所謂「熱」，就是參與，開放，與人為善。這確是南轅北轍兩種人生觀。但冷的人其實先傷害了自己，一個對事物人際疏離的人，他人亦疏離他；他可就少了悲哀的感染，但亦少了快樂的感染，一個不快樂的人，何必要來到世上？人是在付出與回報之間得到快樂，進而得到幸福。

　　教養一個孩子，付出愛，付出金錢，付出精神，看着孩子成長，種種可愛的童真引起你快樂，天倫之樂樂無窮。到孩子長大，走上正途，就是老懷安慰的時候。但有人在養孩子之前，先考慮他會變壞，他會忤逆，他會墮落，還是不養孩子為妙！於是關掉「為下一代而付出」的鈕掣。她不但對於教養孩子如此，一切都為免麻煩！我的朋友中有一位就是如此虛度半生，到晚年，他臥病在牀，從沒有人來看他。

Daddy

華莎姨姨

薇：

　　你記得華莎姨姨嗎？前年我們到她家去看煙花，羨慕她的家面對着海，對着窗看滿天的焰火，像看戲劇坐大堂前座。她好運氣，中山大學畢業後，工作了幾年，與汪叔叔雙雙來香港定居，替出版社編寫課本，三兩年間，取得經驗，就兩口子合辦了一間長河出版社，用在大學鑽研得來的知識，為香港中學生編些好的中國文學、中國歷史補充讀物和摹擬試題與答案，極受歡迎。但華莎姨姨的興趣是文學創作，她寫小説、寫遊記，前年送給我們一本《留美學生家書》，記得書中的葦兒嗎？他的兒子用國際交換學生辦法到美國一個陌生家庭居住，認了美國一家人做自己的親人，與他們同食同住同做家務，他因而完成了中學最後一年的學業。葦兒常寫信回家，華莎姨姨把兒子的家書整理，加上自己的文采，就寫成一本好書《留美學生家書》。最近，她又忽然寄給我兩本新書，其中一本是《追求的腳印》，裏邊有六封給妹妹的信，你非讀不可啊！

Daddy

薇：

　　華莎姨姨與她的妹妹分別了二十年，不知對方下落，突然有一天收到妹妹的信，她流着淚把信讀完，信裏談到她們過去擁有的家：爸爸多面好，媽媽亦很有才情，一家過着恬適、和諧的生活。後來，華莎姨姨受了一股思潮影響，決定離開父母和妹妹，去追尋理想。她引用雨果的話説：「一個人有了固執的念頭，他會了無畏懼，要麼成為瘋子，要麼造就偉大的事情。」她在家人袒護下踏上心中的聖土，怎不料她走後爸爸媽媽在一次交通意外中汽車墮山死亡，她妹妹沒有了姊姊，也沒有了父母，在一位親人家中寄住，後來這親人帶她移居台灣，從此，年輕的華莎姨姨仰頭只有星星，什麼親人也沒有了。更可憐的，是她追求的理想失落了，那不是她想像的聖土，那只是一塊狂熱分子不斷踐踏人性尊嚴的地方。她想回頭，以前溫暖的家已零散破碎。華莎姨姨刊出給妹妹的六封信，每字都融溶着親人、鄉土、生活的感情，又寫出青年人的追求與幻滅。你周末回家，拿去細讀吧。

Daddy

薇：

　　華莎姨姨的作品，因為是她切身的體會，加上她
諄良的品性，筆下美妙的文采，讀來撼人心弦。她那
過來人的經歷，人間悲酸流瀉紙上，對幾乎是人生一
帆風順的你，會很有啟發意義呢。文內有一段寫從國
內初到香港的遭遇，讀着我亦為之鼻酸，後來她與妹
妹談往事，也談愛情和婚姻。今天華莎是個成功的女
性，我們家裏的書架上就有一列她的著作。她在書中
寫：「我對自己的人生比較滿意的地方，就在它貫串
着不斷的追求──早期追求崇高的人生目標，追求幻
滅了，但我至今無悔！後來追求學問（學位），因而
大大振奮了精神，充實了生命。再後來，是寫作事業
的追求。」她歌頌這悲、喜、苦、樂夾雜的人生，她
說她不會沾沾自喜今日的成功，她常常陷入沉思中，
她家有一個可喜的窗框，面對寬闊的海峽，她從沉思
中送走一個個金色的黃昏⋯⋯

　　薇，書中未必會有黃金屋，但別人的經驗，你能
從中吸收一點，就比得到黃金更寶貴。

Daddy

容易滿足

薇：

　　你媽咪今天回來，高興之情溢於言表，說出來原都是因為你。她是個滿足型的人，這種人最幸福。有一間小房子，她覺得有自己的屋，不用租房子，已經是上帝寵幸；買到一些好菜，回家烹調一頓，吃的時候丈夫美言兩句，她覺得飄飄然，快樂滿到頭頂；女兒送她一件泳衣，她已深感兒女孝順……我不知道你還給你媽咪什麼快樂藥，使她一直喜滋滋的。

　　容易滿足，就容易得到快樂。若是嫌不夠，就難快樂起來了。你媽咪的性格本來與我相反，我是有點兒憂鬱病的人，青年時憤世嫉俗，中年時哀樂參半，老覺得成功離我太遠。但也得你媽咪的開朗、快樂、隨和的性格如大海之潮，令我日夕磨蝕，我身上的尖角也給磨滑了。我若人生反思，就是覺得我青年時空有一腔憂鬱，沒有化為力量，覺得老是不夠，就應努力去爭取。

　　薇，你有分析一下你的性格，有多少母親和父親的遺傳？你有一點媽媽的「幸福型」，卻還要不能太安於現狀吧，你說呢？

Daddy

與人為善

薇：

　　對門的人把垃圾倒在你的門前，你看見了，先相信那是無心之失，是他們的孩子不懂規矩罷了，你就掃去它便是；第二次垃圾又倒在你的門前了，怎麼辦呢？你輕輕去叩門，待有大人開門，你先禮貌地說：「對不起，打擾你了，我想來與你們談談，怎樣兩家合力保持門外的清潔，你們可有什麼好意見嗎？」然後，有機會才婉轉說明門前常多了一堆垃圾的事。我說這個例，是一個「與人為善」的例子，「與人為善」就是當發生了使自己不滿意的事情，仍抱着良好的願望，友善地與對方解決，並試圖去了解其前因後果，查探中間有沒有誤會，有沒有解決的方法。我們要把周圍的事情理順，把「戾氣化為祥和」，就要處處與人為善，讓「善良先行」，而不是先要出一口烏氣，「惡人先告狀」。

　　唉，社會不少悲劇，其實都是可以避免的，只要處處讓善意行頭，立心處處與人為善就好了。善意是無堅不摧的。你相信麼？

Daddy

停止戰爭

薇：

　　中東戰火，你天天與同夥看電視到深夜。我們亦係如此，一家人看得深宵電視後仍不願睡，看後談得熱烈，記得幾年前有過，現在又見這日子重來了。你兩個弟弟簡直當看電影，我說我們隔岸觀火，卻難為戰區內的人民，日夕在恐懼中，今宵不知明天的命運。

　　世界都有反戰潮，中國呼籲雙方克制，我想若珍惜人命，和平努力未到最後一刻，亦不宜輕言戰爭，這不是害怕，而是對生命的最大敬禮。

　　孩子容易只當打奸人，求痛快「炸啦，炸到伊拉克開晒花，睇侯賽因點死法！」你兩個弟弟都磨拳擦掌。我說：如果侯賽因的指揮部設在扯旗山，你會這樣說嗎？你一定心裏驚恐：「不要打吧！炸彈掉錯打中我家就糟糕了。」伊拉克老百姓的心理亦復如此。「隔岸觀火」心理，是不健康的。

Daddy

薇：

　　戰爭的烽煙在電視屏幕上似乎噴射而出，雖然阿拉伯半島離我們很遠，但現今確是「世界真細小」，地球哪一角發生震撼，都會有連鎖式反應。石油加價，我們的交通費增加就如弦上的箭，蓄勢待發！今次中東的動亂，你天天看電視新聞，亦看報章報道，覺得自己忽然投入社會、投入世界，每天到十一點後，艾雲、阿娟和你就緊張地聚在電視機前，看看這場危機有什麼變化。現在人人罵侯賽因，但又奇怪在伊斯蘭教的世界，又有很多人擁護他，搞示威遊行聲聲支持這巴比倫之獅。這樣看來，問題還要多角度去看。阿拉伯半島向有世界火藥庫之稱，因為世界上發達的工業國家的命脈在那裏——石油從輸油管天天供應世界；而民族問題、宗教問題有各種歧異，在地中海一邊，猶太人在西方支持下復國在阿拉伯人的世界一隅，來了羣異教和異族人，而且人強馬壯，那就是以色列……你可以乘機翻閱世界歷史書補充一點知識呢。

Daddy

79

薇：

　　波斯灣戰火濃烈，我閉上眼似乎都可以看見在炮彈下炸傷的人躺在醫院裏呻吟。如果再發展為地面雙方短兵相接，一羣原本天各一方、老死不相往來的青壯年人，就莫名其妙地彼此仇殺，你説可怕不可怕？雖然我們相隔萬里，但現在傳播媒介，使我們與危難似乎近在咫尺。

　　薇，這是檢驗我們自己的「人道主義精神」的時候，不要一説起「主義」，就覺得高深了，這些名詞，只是概括部分人想什麼，做什麼的字眼，我們要做個「人道主義者」，關心人的尊嚴、人的權利、人的生命價值，寶貴自己的生命的同時，也珍惜別人的生命，對違反這種精神的行為表示義憤。這場為石油利益之戰，有多少正義的成分，人們在爭論中，但，最起碼，它不斷地殺人，殘酷地殺人，我們就從感情上厭惡這場戰爭，要求它越快停戰越好，是嗎？

Daddy

迷上了秋天

薇：

　　秋天天氣清爽，因而帶來快意。你可留意時序的更替？若將敏銳放在對大自然的感覺上，這個人就有福了！她會去找尋春江花月夜；她會陶醉於蟬鳴荔熟、荷香滿園的夏景中，她會明白春華秋實，秋天那送爽的金風，使她精神煥發，等待收穫的來臨；然後秋收冬藏，凜然的西風，她會感到另一種享受。薇呀，別說香港是亞熱帶氣候，時序是那麼呆滯──不是的，對於一個有感於四季的人，同樣尋得春夏秋冬的喜悅！我主張你到郊外去找尋香港的秋景，領略那份帶詩意的秋色。秋天的郊野會給你一份恬靜的和諧。不像夏天的郊野，濃葉與夏蟲紛飛，加上直射的驕陽，使你憊憊然覺得倦極了。也不像春天，毛毛細雨，濕濡的空氣並不好受。香港冬天郊野，刮面的烈風，總也不似秋風給人更多快意。哎，你有發覺我今天在推銷什麼嗎？我推銷秋意，而不是秋衣。

Daddy

81

薇：

　　「一邊喜風，一邊怕蟲。」這是一個字謎，你猜猜。告訴你吧，那是個「秋」字。「秋」字由「禾」「火」兩字組成，禾怕蟲，特別是那些蝗蟲，而火喜風，所謂風乘火勢。最近我思想上老是在「秋」字上打轉，走路是「秋」，睡眠是「秋」，也不知何故，對秋字、秋意、秋風、秋月、秋花都有興趣。日前寫了一封信給你，也許叫你莫名其妙，怎麼爹地老是談秋。我的生日在十月，是秋天，我與你媽咪在三十年前一個秋天邂逅，翌年秋天結婚，兩個秋天後，就把你帶到人間，以後兩個兒子，一生於初秋的八月杪，一個生於深秋的十一月初，你看，秋天簡直扣緊我的生命！所以，每年秋天，只要商店的秋季大減價招旗一揮，我就不酒自醉，迷上了秋天。這周開始，我鼓勵你媽咪早點起牀，與我一起去晨運，六時半出門，往薄扶林的山道漫步，晨早的秋意最濃，你媽咪和我都樂了。

Daddy

82

水蜜桃豐收

薇：

今年北京水蜜桃豐收，大量運港，我與友人合買了一箱每人分得數十個，我轉贈些給好朋友之外，還有不少留在家中，你回來吃吧。

「水蜜桃如金屋阿嬌」。這話是詞人凌君木説的。中國北京郊區以至上海、吳江一帶，到處種植有水蜜桃，其中山東肥城產的最好吃。水蜜桃白皮透胭脂色，豔如美人笑靨，我買得的一箱，全部成熟肥美，用指甲輕破皮，就可吮得一口甜汁了。記得以前每入秋，我就找水蜜桃，但過去十有九蛀，大多的在核邊蛀蟲，現在經改良，少見有蟲蛀了。

古有名畫家薛子華，喜歡吃桃，她刻有一印章，章上的字是：「雪藕冰桃館」，就是她喜歡把蓮藕切片放在雪上，又把水蜜桃放於冰上。古人沒有冰箱，能凍吃是難能可貴了。我購得的水蜜桃，想起「雪藕冰桃館」，又會找蓮藕來洗淨，切成片片，現在伴着水蜜桃放在冰箱內，讓一家人一嘗古人愛吃的「雪藕冰桃」！

Daddy

閒情逸致

薇：

　　重陽節那天沒有假，你趁昨天補假，和媽咪到太平山頂玩了半天，我只有羨慕的份兒，關節風濕痛了兩天，我一直留在家，一口氣回了三封信，清還移民到美洲後的幾個老友的信債，寫好覺得回信給老友也是一份寫意的閒情。

　　你是忙裏偷閒，我亦忙裏偷閒。「閒情逸致」是要爭取的，是嗎？看都市人連娛樂都匆匆忙忙，趕着「開枱」，趕着遠地旅遊，趕着到酒家候位，趕着去買快滿座的戲票……

　　「閒情逸致」就是不要趕哪！隨意做些自己喜歡的事情，不急不忙，還要避過熱鬧，避過多人的地方，去享受一點點靜謐。聽媽咪說，你倆用了三個多小時才走完那山頂的環山小徑，慢慢地走，可以鳥瞰香港的地方，就憑欄細看，母女倆喁喁細語，絲絲溫馨上心間。我那天在家也是一樣，四周一個人也沒有，只有秋陽斜照。我選了上次旅行北京在榮寶齋買的信箋，一字一字的慢慢寫，彷彿與友碎語輕談，我陶醉在那份靜趣中了。

Daddy

84

薇：

　　你從善如流，使我驚喜，到八仙嶺郊野公園跑了一圈，還拍了一整卷菲林黃葉，你真係孩子氣。不過你留下的三十六張黃葉照片，確使媽咪和兩個弟弟迷住了。你擁有的是什麼攝影機？近距離拍攝竟如此清楚。我到今天才知道女兒攝影了得，黃葉上的紅斑透剔於相紙上，有幾張還見玲瓏的葉脈，帶出一份野趣的詩情。現在攝影工業發達，無論相機、相紙、沖曬大都進步到使人瞠目結舌的田地，作為一個現代人，不去學會駕馭它，就是這時代的呆子了！用照相機拍人與物，已經不僅僅是一種生活留影，它其實是一種普及的藝術享受，當人拍、你拍的當兒，你多掌握了分寸，沖曬出來的照片，引出多一點插圖的美感，你就是個不甘於平庸之輩，人們讚譽那些會把弄相機鏡頭的人，稱之為「光與影的詩人」，就是捕光採影，他自有其內涵及意境。薇，爹地看到你拍的照片，真為你的造詣而高興。

Daddy

何謂美麗

薇：

　　美麗成為人人關注的大事情，並且進而作激烈的競賽，這怎麼會是壞事呢？我不同意你的說法。有的人看見電視台年年選美比賽，事前事後的風風雨雨，是是非非，台上的女孩子似乎全失去了尊嚴，任由台前和屏幕前的人評頭品足，於是，有的人很反感，記得以前你是很喜歡看這類節目的，現在是成熟了還是厭煩了？為什麼會表現得這樣憎惡呢？

　　我的看法是美、真與善，是我們永遠嚮往的人的標準。真誠、真實、真心的人可貴，善良、和善、善心的人可喜，美貌、美態、美德的人可愛。怕只怕有的人不要美、不要真、不要善，甚至倒過來以醜、假、惡為好，這不是說笑話呢。主張講假話，主張做人要行惡，故意扭曲美的標準，還說這才是「真我」，這種人這種事是常常有的。《聊齋》故事裏，有一個國家叫大羅剎國，凡是向上爬、做大官的人，都要打扮得很醜怪，而美麗的人，都是配做下等賤民，說明以醜為美，是自古就有的。

Daddy

薇：

　　父母眼下的兒女，都是長得美麗的，你在我眼裏，當然長得美，也不是逗你歡喜，你高度適中，皮膚有陽光的潤澤，牙齒像媽媽，整齊而潔白，這都是美的。當然如果和維納斯比較，那還差一點點。但美常常是整體的，有的人「霎眼嬌」，初看頗美，越看越不行；有的人是耐看的，初看不算美，但與她對久了，有如沐浴春風的氣質，給你一陣陣舒暢歡快的感受。整體的美除了因為有中規中矩的外貌容顏之外，還因為她（他）風度、舉止、談吐、衣着、學養、內涵等等的發揮，而且，常常是這一些給人的總體印象猶深，而不是單靠美貌。現代人講究「投入」，做事、待人、求學及社會參與，如果精神投入，而不是膚淺浮泛，都會予人以美的、有性格的感覺。我們且不論電視台選美出現種種流言蜚語，社會崇尚美，一定是一個美好的社會。美是一種開放的表現，當社會上大家都不講美，甚至認為愛美是要不得的思想，那才可悲呢！

Daddy

讀與寫

薇：

　　不要提起筆就説好重，你也給爹地寫些短信吧。不要放棄運用文字的機會。如果一個人半年寫字不超過一萬字，慢慢，他會忘記字的筆畫和寫法，這樣，越少寫越難寫，終有一天，他會變成半文盲，只會認字，不會寫字，文化的漸漸退步，不免要和社會脱節了！當然，你決不會這樣，但疏於文章，似乎是你的一個趨向呢！快快再與文字為友，寫信是與文字為友的好機會，不論寫給親人，還是寫給友人，心裏有所傾訴，情意自然沿筆尖而下。

　　記得你中學時代有寫日記的習慣，即使那天無事可記，你亦會寫一二百字，寫寫該天的天氣或新聞摘要。到中五因為學習緊張，你放下寫日記的筆，之後你就與文字疏遠了。你常常安慰自己：「不怕，我喜歡讀就行啦。」不，讀與寫有很大隔閡，正等如不能説我聽電台廣播，聽電視劇對白，就可以開口説話了，聽不能代替説，正如讀不能代替寫。乖女兒，快給爹地寫信。

Daddy

薇：

　　替你訂了兩本雜誌，一本是軟性的，一本是硬一點的，這是爹地給你的小小禮物，以後你會按月收到了。

　　香港是個傳媒發達之地，電視、音響已成了我們生活的一部分，因為影像、聲音直接地來到我們的眼、耳，不用思索就明白了，何況更有聲色之娛。這樣，我們就容易忽略了另一種比影、音更重要的媒介——文字。自倉頡造字以來，文字帶引人類進步，人用它來記事、傳訊、娛樂、總結經驗，乃至政府傳遞政令。到今天，文字遇到影、音的挑戰，一些忙碌的人、懶惰的人，或迷於聲色娛樂的人就疏遠了文字，不看書、不看報，一個月也不寫一個字，不是大有人在嗎？但是，一個人放棄了文字，就如一個淺淺的碟了，是盛載不到什麼的。文字原是一堆符號，我們習慣看和用，它就會有生命、有感情，有實體的顯示，我們看一篇動人的文章，一邊看一邊情感激動，所看見的已不是符號般簡單了。薇，看看我給你訂的兩本雜誌，也許常使你動容。

Daddy

言論自由

薇：

　　昨天與你探討「自由表達個人意見」的風氣，似乎言猶未盡。「言者無罪，聞者足戒。」這是一個不容易達到的境界，尚幸香港這些年來，確是步入這種的氣候。電台講、報紙講、電視講、電影講、講好、講壞、好聽的、不好聽的，都是那樣地「百花齊放」，當然，亦「百草叢生」。我十分同意你與一羣年青朋友的看法，只要不是人身攻擊，應「由他去吧」。相信是非自有公論、公道自在人心。

　　做一個現代人，要培養自己的氣度和器量，善於兼聽，又善於一笑置之，而不是像一個酒量極淺的人，一丁點兒薄酒，都會「上頭」，臉紅脖子粗，當聽了各方言論，各種立場的看法，甚至一些顛倒黑白說話，都要經自己的大腦，用自己的判斷去分析，去獨立思考。而同時，用不着為一些風言風語，而產生被刺傷感，更小心別把人家一些說話去「對號入座」，別人說了什麼，就忙不迭認定是挖苦自己、針對自己，因而引來不必要的煩惱。

Daddy

發現老鼠

薇：

　　最近家裏的廚房常有異聲，後來，還發現在洗衣機腳下有些咬碎的蓮子，混和着一些老鼠屎。但是，老鼠藏在哪裏呢？第二天我們家人打算尋得鼠蹤，把牠趕跑。但是雪櫃移開過，噴了殺蟲水，又再執拾好那些壁櫃，再堵住通窗外的水喉道的隙縫。但第二天，同樣發現咬碎的蓮子混和老鼠屎。那怎麼辦呢？後來，媽媽的朋友告訴她，香港市政局設有滅治蟲鼠的小組，免費替市民服務，港九各區均有滅治蟲鼠組設置的。第二天來了兩個人，果然以專業知識查得老鼠的行蹤，他肯定是晚上從屋外來，鼠穴在屋外。後來，他們送來一個新的捕老鼠籠，放在廚房的一角。他們請我們這兩天早點睡覺，並關掉所有的燈。嘿，果然第三天那捕鼠機關就捕得一隻壯碩的大老鼠！

Daddy

薇：

　　如果你目睹那老鼠，一定會嚇得驚叫，看來有四五吋長，又肥又大，牠驚恐地拚命咬籠網的鐵絲，老鼠是嚙類動物，牙齒鋒利無比，大的老鼠可以把嬰兒吃掉。但現在牠倒十分可憐。蟲鼠組的人在電話中得知捕得老鼠，十分高興，但他說要隔天才派人來收拾。我們就把老鼠籠放在露台上。宗宗和祥祥放學回來，在露台上大着膽子看牠，牠跳上跳下，竟想把鐵絲咬斷。宗宗說：「明天是牠的刑期，今晚讓牠吃一頓豐富的晚餐吧？」竟從冰箱找了些肉餅和切了個蘋果於籠網眼處塞進去。老鼠看來自知死期不遠，全無胃口，反而逃離食物，躲到另一角想實現逃獄的夢想，不停地用牙齒咬鐵絲網。媽咪說：「只有人道主義，沒有鼠道主義。過街老鼠，人人喊打嘛，哪有給老鼠餵以美食？」祥祥卻說：「同是地球入住客，何必同根相煎。」唉，他的環保意識走火入魔了吧。到第二天，有人來連籠帶鼠拿走了。

　　　　　　　　　　　　　　　　　　Daddy

喜歡寧靜

薇：

　　你喜歡寧靜，這性子大抵是我的遺傳。寧靜致遠，這是古人的明訓，寧靜是一種安詳的心境，不動、不亂、不躁，致遠是一種思想境界，看清、看透，脫離某一個時間、空間，獨立地看出一個問題，都是「致遠」的表現。煩躁的人不能致遠，只有寧靜致遠。但一個人要做到周圍煩囂喧鬧，而心境仍安詳、平靜，那實在是不容易的。

　　香港是個不斷人為地製造喧鬧的地方，噪音之外，還有一種糾纏不清的人與人之間的思想衝突，所謂「篤背脊」，「口臭」而惡言四瀉，誇大地去說別人的無心之失，故意引起別人不快而自鳴得意，別人一點舉動就敏感對自己不利而去「先發制人」等等，都造成人與人之間關係緊張，這種情形，才是最大的對心境寧靜的破壞。面對這些噪音、「噪態」，我主張是四個字──淡然處之。平淡地、低調地去對待要來干擾你的是是非非，不爭一日之長短，堅守寧靜致遠。

Daddy

談性格

薇：

　　我知道你的性格是理智型多於情緒型，而且獨立性強，但你大概也知道你的一個弱點，是對一件事做與不做有很大的猶豫，決斷性弱，在外人看來，覺得你信心不足，爹地要負上大部分的責任，把你放在外婆和那寂寞的鄉間五年之久。但有誰的性格不打下家庭和社會的烙印呢？

　　以爹地而論，童年時孤獨地生活在淪陷的廣州，面對驚慌與死亡，及後你祖母當傭工，我過的是野孩子的生活，自卑心是夠重的，但正如唐詩中有賀知章一首《詠柳》：「碧玉妝成一樹高，萬條垂下綠絲絛。不知細葉誰裁出，二月春風似剪刀。」你看，樹樹楊柳，萬條柳枝，組成千姿百態，樹樹各有風韻，是「什麼在塑造它們？是春風似剪刀」。人亦如是，後天的社會環境，就是這二月春風，它剪裁、設計和創造我們各有不同的性格。

　　性格常常決定人生道路，性格負面一方若成主導，會造成失敗的人生、悲劇的人生。但性格優良一面成為主導呢，喜樂的人生就透現了。我底乖女兒，聽話的你，當明白，怎樣揚長補短，發展一個你心中追求的自我吧！

Daddy

談運氣

薇：

　　你叫我與你談談運氣。運氣是或然率之一。一個光頭的人過樹林區，一隻鳥啣着一塊小石頭片，卻把石掉在這人的頭上，但他暈眩而摔倒，他倒在的地方附近有薄荷葉植物生長，薄荷滲入他鼻孔裏，使他蘇醒過來，他急忙往前走，見不遠處地上有狼的爪跡，他終於走出樹林區，回到家裏，他細細思考，這一段路程，他遇到一些偶然的事情。① 不幸偶然有一隻啣石片的鳥經過；② 又不幸偶然石塊打在他頭上；③ 他暈倒後，沒有遇上一個使他致命的事情——暈倒後就有狼經過，把他咬死；④ 他幸運地倒在有薄荷葉植物生長的地方，使他很快蘇醒過來。這麼說來，他遇到兩件倒運的事，兩件幸運的事。後來他又細心研究，原來啣石的鳥不慣有光滑的地面，把石片摔下，使小石摔碎，然後再啄起那些小石粒去築鳥巢，那麼，他的光頭如果走到這樹林區，就必然被鳥誤為光滑的地面——這看來並非偶然，而是必然……

　　你聽了這故事，可有什麼感想呢？其實，人生就是種種必然與偶然的組合。所謂運氣，亦如是觀。

Daddy

薇：

　　偶然裏頭有必然，必然裏頭有偶然。一個女人偶然邂逅到一個男人，這男人走入她的生命，這看似偶然，但這個女人的一副天生氣質，與這男人的性格是否吻合，能否擦出愛情火花，這是「偶然」裏邊有「必然」的相吸或相斥因素呢。若一個是理智型，一個是衝動派，感情得到調節，沒有讓愛情未成熟時就要強扭下那禁果，這中間就有一份內在的必然性，使這份感情沒有步向悲劇。性格的缺陷，常常使一個人「命中注定」似的步向人生的悲劇。例如個性優柔寡斷，過於感情用事，心胸異常狹窄，做人記仇記恨，永不滿足貪婪之極，有讓人痛苦而產生快慰的心理，多疑多慮、妒忌心理……等等，這些性子，都會使一個人，面對種種偶然性時，都會選擇了悲劇走向的一端。那麼，對於他來說，他可真不幸啊，運氣總沒有來到他的命中。但是，細心想想，這「運氣」是因為性格使然，有一個必然的契機。講命理的人常說「相由心生」，「心」正是指一副好的性格。而性格是可以修養鍛煉的。

Daddy

「人際心距」

薇：

　　我和你玩一個叫「人際心距」的遊戲吧。你先看以下分數。

　　0——中等也，人與人互不相干，無好意亦無惡意。

　　1——願意交往，相互合作。

　　2——主動交往，主動幫助人。

　　3——建立友誼，相互幫助，自覺去做，不求報答。

　　4——親密無間，無話不說，引為知己。

　　-1——互有看法，卻尚能相容相處。

　　-2——有所對立，各不接觸。

　　-3——對立嚴重，存報復之心。

　　-4——仇深怨重，不共戴天，有機會即給對方盡情打擊。

　　請隨意列出你周圍的人之中十個，名稱上邊標準給分。分數在 6－15 分之間，你是個人際關係平常的人，若在 6 分之前，甚至出現負數，你的人際心距很短，自我檢討個性弊端或你的朋友圈此其時矣，15 分以上，你是個真誠待友的人。

Daddy

薇：

　　昨天和你玩的「人際心距遊戲」，你得到多少分？其實人際心距可以變動，你與友人的關係，不會常常一成不變的。今天有點仇怨，可能他日合作無間。而且，你給朋友「3」分，但朋友給你可能是「-1」分，雙方友誼並不一定在同一水平呢！

　　在人與人的關係上，還是看交往的「有效性」。是感情與日俱增，希望有所發展，還是一直停留在一個水平，甚至導致友誼淡薄。並不是常常見面就會友誼增加，有效性要看赤誠相見，無拘無束是否達至，如果有虛偽成分，表面的「相互合作」，就可能是「相互利用」而已。朋友間容易彼此誤解，當他身處逆境你未有感同身受，這都是友誼的有效性低的表現。

　　薇，人際關係較多處於 0 點狀態，也是正常的，所謂君子之交淡如水，無好感亦無惡感。但卻不能都是 0 點，否則就可能患了自閉症，或者，社會疏離感到達病態了。無論如何，要有若干個 2 分或 3 分的朋友。

Daddy

薇：

　　你說朋友易找，知己難求。這就是因為「人際心距」達到同一水平不易的原故。你給他百分，他才給你零分，絕不稀奇。你不妨拿我目前教你的「人際心距遊戲」與幾對朋友玩，你就發覺彼此給同一分數的不多。一個人身處逆境時會渴求知己，這時候一些寬慰、鼓勵的話，都會給對方引為莫逆之交。但一個人在順風順水時，知己對他就不那麼重要，他似乎更需要欣賞他的人，所以說「無敵是最寂寞」，他站在頂峯，朋友都不能與他平起平坐，哪有知己知心？知己常常是彼此各有所長，各有所短，又互相鼓勵與欣賞。知己好友的交往，還有一份交往的品質存在，「士為知己者死」，這是品質的極至，一般人未能到「極品」，但最少，這份交往的品質，應包括相互的真誠、理解、可靠、平等。而對於外人，只能為對方隱惡揚善。若離開了這份友誼品質，非但不成為知己，連好朋友也不算呢。

Daddy

奇怪來電

薇：

　　今天接到個怪電話，一個女人的聲音，說要找你。我問她：「你是誰？我是她的爸爸。」她竟惡言相向：「爸爸就大晒？就可以截住女兒的電話？」我一時語塞，想起是你的朋友，未敢發火，就說：「不是阻截女兒的電話，是她沒有在這裏居住，她是搬出去住的。」她竟就冷言冷語：「哦，是嗎？她當然受不了這種老竇。」我氣得頭頂出煙，但我連唸十次：「忍忍忍……」她問我你的電話，我覺得奇怪，如果她是你的好朋友，起碼會曉得你的辦公電話，我停了一下，想反問她，她又先挑戰：「窒口窒舌，自然不想講啦，算了吧，告訴你，做老竇要開通啲！」就這樣「啪！」的收了線。呀！這是你的什麼朋友呀？如此可惡，如此不講情理？我真後悔沒有痛罵她一頓，聽人說電話亦能傷害人，以前不解，現在明白了，這種電話困擾，我是第一次嘗。聽人說，香港人平均每三個人，就有一個曾被電話騷擾過。這回選中我了！

Daddy

薇：

　　這不是太過分嗎？為什麼拿爹地如此尋開心？原來你的幾個朋友，比賽誰的老竇最好脾氣，就想出這個惡作劇辦法，分別由一個外人打電話回家，問四個問題，看看哪一個做爸爸的會發火，會在電話痛罵。凡罵人的，就落敗，不罵的，就勝出。這四個問題是 ① 你是否大晒，常阻截女兒的電話；② 你的女兒已受不了，打算暫時不回家；③ 索取電話號碼，若不說就奚落他一番；④ 提醒對方要做個開通的「老竇」。想不到五個朋友中，四個都被惹來一頓痛罵，只有我在電話中只有咬牙，沒有罵人，因而，你在朋友中贏了個「我有一個好爸爸」大獎，你把這消息告訴我，真使我哭笑不得！我反對鬧這種可能傷害父親自尊心的玩意，而且，這種比賽不會準確，因為發不發火，還要看當時做老竇的心情的。

Daddy

自嘲與幽默

薇：

　　你問我什麼叫「自嘲」，如何運用。記得日前與友人及李伯等喝茶，他笑自己一把年紀，只撈得「三萬」。初以為他有三萬元存款，後來他自嘲說：「老何，你聽着，一是眼慢，二是手慢，三是腳慢，合起來三慢。」這是常見的自嘲。其實李伯未算三慢，手、腳、眼還靈。他這說來幽默一下，卻贏得一堂大笑。但這情形如果由一個年輕人去嘲笑李伯，說：「喂，你這老傢伙，何以一把年紀撈得三慢，看你眼、手、腳……」這麼一說，可能產生爆火的場面！人可以自嘲，卻不容易接受別人的嘲諷。日常生活中，除非這個嘲諷對象是個大惡大奸的人，或者一個公共機構確有弊病，才可輕易用嘲諷對之，友人、同事，用了嘲諷、挖苦，一定會極不愉快的，甚至埋下火藥。但是，自己嘲諷自己，卻會引來歡笑，而自嘲者就給人一份隨和、有自知之明的感覺，常常是充滿自信的人，才會運用自嘲。

Daddy

薇：

　　我同意你的説法，要與人相處，要多用幽默來溝通，有時，我們在日常生活中會產生磨擦，在惱火的時刻，任何人能溜出一句幽默的話，或嘲笑一下自己，都會立即在一笑間泯除怨惱。幽默絕對是生活的潤滑劑。我就曾經試過一件尷尬的事，到朋友家中作客，朋友端來香茶，我一時手顫，一杯茶就潑在地毯上，看樣子是名貴的地毯，我心裏慌了，既失禮儀，又可能弄壞了人家名貴的物品，但那位主人家的太太，卻微笑地拿來了毛巾，一邊吸去毛毯上的茶水，一邊説：「不要緊，不要緊，我們平時也要灑點水洗地毯的，何況，這樣香的茶，地毯也想試試香味呢！」她這麼一説，本來尷尬異常的我，變得如沐春風，逗得我莞爾而笑，客廳裏又洋溢着歡快調子。後來，我離開這位好客的主人家，覺得温馨似乎也與客人的回禮帶回家去，而這位幽默的女主人，給我留下深刻的印象。

Daddy

透視友誼

薇：

我們說「應酬」朋友，「應酬」成為慣用語了。應酬是答謝的意思，這是互相的，不會是單軌的。分析一下，要「酬」的是什麼？

我們酬的一是能力，二是性格，三是感情，四是興趣，五是物質，六是信息。

朋友中交換的不外乎以上六個方面。年輕人重視應酬與性格合得來，有感情的，興趣互補的朋友。這也是不錯的。但有些很實際的人，重視應酬些能力強的，可以對自己有益的朋友；還有些人，喜歡交有錢的朋友，重視對方的物質。一些中年人，卻喜歡應酬一些消息靈活的人士，希望獲得一些最新的信息。

出發點各異，不能就用一句好或不好，勢利或情長來概括，何況也不能是單軌的。一切從實際出發，只要彼此覺得需要應酬，這份友誼就長存了。

Daddy

薇：

　　社會在改變，前人把友誼拔高到只講靈性的溝通，感情的互濟，一講實用性，就似乎玷污友誼的純潔。現在看來是不實際的。

　　我們可以明明白白的講，友誼也有實用價值，而且是社會人際關係中不可缺少的部分。

　　我們去主動應酬有能力的人，那包括有知識、有才幹、有技能方面的人。亦相信，能力是相互補償的，你懂法律，我懂木工，起碼，你是我的法律顧問，我是你木工顧問。至於物質上的應酬，不是貪取，而是互助，或者互樂。朋友中有某君家中有架卡拉 OK，於是這方面他物質豐富過別人，當找個周末與友人卡拉 OK 一番，這是共享、共樂啊。至於信息上的互相酬謝、互相交換，更是今日朋友間的必要溝通，由於朋友間互通信息，我們會更覺友誼可貴。今日友誼還要注意有規則，像所有遊戲一樣，彼此要遵守一些規則，你想想是什麼規則？

Daddy

薇：

　　你説喜歡爹地助你透視友誼，我就不怕長氣直講了。商品關係縮影在友誼上，已經是商業社會的必然。這不是説拿友誼來出賣。不是的，是説友誼也似商品，有一個等價關係，你用十元買十元貨值的東西，如果貨物不值十元，你會告狀告到消委會去。同樣道理，今日友誼在現代人心理上也講求等價。他付出時間、物質、感情，也希望有接近等價的回收，否則，朋友會日漸疏離。不能説：「喂，點解唔可以為朋友犧牲吓？」這高超的境界出於純真友誼上，值得謳歌，但現實生活，還是要求等價交換的多。因此，你的朋友為你付了精神，付了物質，付了能力，你不能白領人情，需要回報，現代人説：「我領了你的情，有欠於你。」這話似乎有違友誼原則，其實，這才是今天友誼的規則；人情也好，物質也好，沒有免費這回事。即使以友誼爭到個優先權，這優先權亦是人家的情。友誼要互酬互濟互助，這是第一條規則，下次，和你談第二條吧。

Daddy

薇：

　　友誼，友誼，朋友的情誼，總不能與陌生人相同，因此，第二條友誼的規則，是互諒互讓。這是調節第一條所必須。第一條強調了等價交換，以為沒有第二條，那是百分之一百的陌生人的交易，因此只有第一條是不夠的，友誼還要相互間不要着眼於互酬互濟時要在同一時間要有同一分量，不能「一手交錢，一手交貨」，而是要互諒互讓。朋友有困難，立即去幫助，決不能幫助之後立即要他回報，否則就翻臉。互諒是體諒對方；互讓是願意為朋友多出一點力，多付點錢，多花一點精神。

　　因為你心中有了第一條規則，我會使你制約着自己，要盡可能等量回報朋友；又因為有第二條規則，當你幫助了朋友之後，不要求朋友同步同量地回報給你，這樣第一、與第二條連合起來，就使友誼顧及別人，也讓對方顧及自己。你同意這兩條友誼規則嗎？

Daddy

薇：

　　友誼是快樂的，越深厚的友誼，相互間帶來越多的快樂。這種快樂情緒的產生，是頗為奧妙呢。有四個字的詞，叫做「如沐春風」，在春風吹拂下，如一回溫馨的沐浴。當你與這個或這羣朋友在一起時，產生「如沐春風」的感覺，友誼帶給你沉醉的東風。這是因為你們一方面自覺地遵守友誼的規則：友人給了你什麼，你忙不迭回報；同時，你又爭取多為朋友做點什麼，在感情上為他多付與一份真誠，你們沒有介蒂，不存欺騙，雙方熱情相待，這樣的友誼，使生活變得甘美，人與人之間助己助人，將心比心。在生活上，沒有這樣的朋友，你會變得生活得枯燥乏味，甚至生活得感情麻木。

　　乖女兒，在你快要轉工的時候，希望你珍重兩年同事贏得的友誼。諺語有謂：「增加友誼，減少敵人；讓敵人變成你的朋友，不要使你的朋友變成敵人。」

Daddy

薇：

兩年同事，談得來的有七、八個，這算是你生活中的豐收。你決定找個晚上，請他們到家裏來，吃吃、玩玩、談談，那好極了。你決定了日期，我和媽咪帶你兩個弟弟去逛一宵，騰出屋子給你與友人癲個飽吧。爹地識 Do 啦，你放心。

離開了舊的工作崗位，可能又會另識一班新同事。這班舊同事，是暢盡在一宵了。如果分開了仍有惦念之情，以後仍會偶然聚聚，已經是不錯了。生活有似海洋，那麼浩瀚，亦難得平靜。友誼是一份快樂，在一起時歡暢，分開了又容易淡忘。也不打緊，隨緣好了。但知交朋友，就應珍惜，這七、八個合得來的同事中，有多少個知交？或者說，有多少個你覺得不應疏遠，即使以後轉了工，也希望常相約往來？如果你有興趣，爹地想與你討論一下呢！

Daddy

異性朋友

薇：

哎嗨，你昨天帶來一連三個男仔，把我和你媽咪嚇傻，以為你剛甩掉一份愛情，一下子招來多份。不過這三個人都大方得體呢。我現在知道是誤會了，他們是你中學的同學，不久將聯袂到英國唸書，在向你道別時，硬要你帶來見見我，這是因為你常常「自傲」地說有一個絮絮不休卻仍可聽之不厭的爹地，就引起他們的好奇。如果我沒有敏感，覺得他們對你有一份善意、好感之外，其中有一兩個還有羨慕之情。他們三個都讀完工專，工作了一年，嫌自己沒有學位，只有文憑，就想遠走外地，唸一年就可多一個資歷，現在年輕人只要他長進，肯求學問，都有數之不盡的機會。一年很快過去，如果這中間確有你認可的對象，亦不妨保持通訊，看看有沒有觸電的可能，不然，真誠地交一些異性朋友，也是必要的。最好笑是他們硬要我逐一給他們什麼金石良言，我答應以後寫下由你轉告。

Daddy

有競爭才有進步

薇：

　　最近爹地被請去做評判，是看學生的來稿，從中選出寫得最好的。這工作不輕鬆呀，因為要看近四百篇學生的作品呢，這些作品來自香港各學校，是一次圖書閱讀報告的徵文比賽。從來件中，我就發覺有的老師，是不放過每一個公開的競賽場，他們熱情鼓勵學生參加，因此，來自這幾間學校的稿件特別多。我不是第一次做這類的評判，印象中有幾間學校是逢徵文比賽都湧來大批稿件的。這樣的學校，這樣的老師，做他們學生的有福了！因為，競賽意識從小培養，也只有把他自己的成績拿到大眾中比較，才得到磨煉，容易得到進步。競賽意識不是爭個你死我活，不是嫉妒別人的成果，更不是為了抬高自己去打擊別人。競賽意識是和別人較量，吸取別人的優點與長處，然後設法超越別人。我們常說「有競爭才有進步。」正是這個意思。

Daddy

心靈妙藥

薇：

　　你媽咪病倒了，你飛快回來，事後她說：「人很奇怪，不一定靠藥醫病。」言外之意，是你快速回來看她，她已不藥而癒。我想是她步入更年期的毛病。有時會疑心病發作，疑自己有什麼不治之症，是前些時的「大件事」，後來徹底全身檢查，證明除了些脂肪結和一點內分泌失調之外，什麼毛病也沒有，這樣，她安心了。最近，卻是情緒病，忽然對我說：「阿女似乎不大理我呢！！」又說：「我們廿多年夫妻，你有厭倦感覺嗎？」都問得我莫名其妙。最近幾次友人宴會，我便要她去，我說：「做幾次跟得夫人呀，不然朋友都說我賣甩老婆。」她跟我去，席上我殷勤一點，她就似乎消失了一點情緒病。你回來看她時，又「戲劇性」地帶來一束康乃馨，她不知有多開心。哈，人就是這樣，不時的相互欣賞、關懷，親人間的親情的傳遞，都是心靈妙藥，缺少不得。

Daddy

談進取心

薇：

　　昨晚玲姨來探我們，說起來，這位你媽咪的小妹妹，似乎在選擇大學科系時，就吃了「中間落墨」的虧。她說當年考入C大，中學的教師對她說：「你中五、中六成績好，但是，你中三、中四成績不好呀，看來，你不要報熱門的科系，選些冷門的，那麼，你進入C大的機會就多多了。」她竟就相信了這番話，報了最少人報讀的哲學系。現在，大學畢業了，她卻苦悶極了。這四年哲學她讀得很不愉快，第二年她想轉系，但不成功，以後就勉強讀下去，現在畢業了，她不喜歡當教師，考政府的政務官又覺技不如人，現在彷徨終日。

　　「中間落墨」的理論，是要一個人迴避挑戰，這處事方法對個人來說，毫無可取之處。當年如果玲姨在選系時，多從自己的興趣和效益價值出發，敢搏它一搏，這四年不會在不愉快的學習中虛度。因為退一步說，考不上 C 大，還有各種選擇；今天，選擇的機會反而大大減少。乖女兒，這教訓你可要吸取。

Daddy

薇：

　　你聽過這詩句嗎？「夕陽芳草尋常物，解用都為絕妙詞。」我們每天見夕陽，路旁處處是花草，但詩家詞家用上手，就會造出絕妙好詞。我引這詩句，是鼓勵你勿甘於平凡。譬如，你過去曾對我說：「爹地，我沒有女強人的氣質，我覺得我天生一副平和的性格，意志也不強，技能亦無卓越的地方，天資也不算聰敏過人，我怕會平平庸庸過一生。」我今天早上醒來，不知何故，腦子跳出這不知什麼時候貯藏在腦中的詩句，並想，它不是給你最好的回覆嗎？

　　人們的進取心是這樣子產生的：① 突破個人性格上的弱點，發展一個你心中追求的自我；② 揚長補短，把自己的長處盡量發揮，而避免短處阻逆你的人生道路；③ 記取「欲得其中，必求其上」這話，你要求上，就要爭取上上，不要相信「中間落墨」「但求無過錯」之類，自我奮鬥心的勸告；④ 參加客觀存在的各種競賽場，要常常有強烈的競爭意識；⑤ 有創新和開拓的慾望，不要為求方便去因襲舊路，常常爭取做個新鮮人，親近新鮮的事物。

Daddy

114

薇：

　　爹地也不免要對女兒説聲多謝，聽你説爹地近日談「進取心」的話，引起你深思。我的話若果真對你有用，正如送禮的人得到受禮者的喜悦，送禮人也要誠心説一句：多謝。

　　進取心不是什麼玄妙的東西，它是一個人要把握自我、把握機會、走創意人生之路的一種意志。這種意志幾乎每個人都有，但有的人得到鼓勵和環境的刺激，有強烈的成就需要，有參加競賽場的意識，有創新而滿足的渴望，再加上一股韌力，那麼，他一定能脫穎而出。要知道不少人動力不夠，會半途而廢的，當走下去，你會發覺路越走越順。進取心的保有，使你敢於面對人生的挑戰，接受新的任務，並從中得到真正的喜樂的人生。

　　你們的三人住所，艾雲、阿娟和你顯然在品味上都有獨特之處，從你們對睡房的設計、牆上和櫃上的擺設，都看見創意之心在活動。正是「室雅何須大」。你的生活品味，説明進取正是你的人生取向，爹地亦放心的。

Daddy

素儀姐

薇：

　　昨天，素儀姐在一個友人聚會上拉着我，談起她的「啫喱酥」，我真佩服她。早些時香港不是忽然流行鹹濕電話麼？在不少報紙上可以看見一些挑逗的廣告，鼓勵人撥一個電話號碼，就可以從聽筒傳來鹹濕古仔。後來，不少人認為有違法例，這種鹹濕電話就被止截了。素儀姐立即趁這空檔，去信電話公司有關部門，請求容許她辦一個真正的打電話聽故事，是供應給小孩子們聽的。她的勇氣可喜，這種資訊其實可以很好為家庭為孩子服務的。現在，你只要打 173-288-111 這電話，只要那電話有 IDD（國際長途電話）線的，就可以聽到一個可愛的女孩子的聲音，這女孩子告訴你，她叫蘇玲莉，花名啫喱酥，講的故事每星期內容不同，這個星期，她會同小朋友講媽咪要她學鋼琴的苦與樂，說出孩子的心聲。因為內容每周不同，所以又叫「啫喱酥」周記。你知道嗎？講故事的人，正是素儀姐的女兒呢！

Daddy

116

薇：

　　素儀姐你見過她幾次吧？她是個敢説敢做的人。當年理工學院畢業出來，一邊幹一份中級文員的輕鬆工，一邊再進修，決心完成學位課程。然後，在報館上當電訊翻譯，兩年後考入廉政公署。這時候，舉凡社會上有什麼公開徵文比賽她也參加，於是，她拿到了翻譯文學作品獎、散文創作獎，甚至為小孩子寫故事的兒童文學創作獎她都露一手。一篇《Sorry 雀》獲獎又獲好評。於是，她一邊努力做個好妻子，做兩個孩子的媽媽，做個業餘投稿人，專注為少年人寫小説、寫童話，而自己又有一份幹出成績的正職——在香港貿易發展局當一份行政職務。

　　最近她冒着可能賠錢的危險，申請到一條資訊聆電話線，自己撰稿，由女兒講述，為孩子在電話中講故事。看她工作，一身四職，卻幹得挺愉快。問她有什麼愉快生活的秘訣，她説：「珍惜每一個得來的機會，努力把它幹得最好，那就夠了。」

Daddy

薇：

　　素儀姐說她尋求快樂的人生的秘訣是：「珍惜每一個得來的機會，努力把它幹得最好，那就夠了。」這句話真是可堪咀嚼，簡單如一場全院滿座的戲，大羣人因未能進場而失望，你卻得到一位人士讓票，歡喜若狂。好，你怎樣珍惜這個得來的機會？打醒精神去欣賞，研究全院滿座向隅者眾的原因，是好戲的盡領其藝術享受，是問題戲的散場後仍推敲研究，友人閒談時說來與友分享，若愛舞文弄墨，還可寫成評論，刊登報端。這樣，就是「珍惜機會，幹得最好」的要領了。

　　我最佩服那些女性，做成好妻子，做成好媽咪，做成好職務，還建立有品味的讓人欣賞的業餘興趣。這並非有什麼過人的天賦，看來是對完美追求的努力，和一份鍥而不捨的向美、向善韌力。薇，在你快踏上新的工作崗位時，願你珍惜機會，向追求完美之途邁步。

Daddy

磨煉堅韌力

薇：

「好風憑借力，送我上青天。」如果你是一隻風箏，飄上青天是憑風力，如果你是一個現代人，到達成功的終點，卻是堅韌力。年輕時是磨煉堅韌的意志和性格的好機會啊！

磨煉堅韌力，有三個錦囊：① 堅定的目標；② 不懈的奮鬥；③ 樂觀而自信。

目標不一定是什麼博大精深、崇山峻嶺，它可以是一個短程可達的目標。例如：我要學會用微波爐做出色香味美的好菜，這也是一個目標。我要在三年內學會法文，這是一個目標。我要爭取在公司裏及早晉升，這也是一個目標，當然還不妨有些遠大的目標，堅韌性的實驗場，就是選擇目標——一個你很想到達而自己有潛在能力可達到的一個目的地。人生就是不斷地為自己設置目標而去努力奮鬥的過程。一旦選定目標就要始終如一，而奮鬥的過程，你嘗到或酸或苦的人生況味，都不要灰心、鬆懈。下一封信，爹地給你說一個樂觀自信的故事吧。

Daddy

新工作的挑戰

薇：

　　恭喜你，你終於找到一份你渴求的工作。你要求爹地暫時勿向人說，我答應你：保密。媽咪也由你來對她說。我為你高興，但可不能高興太早，以後，還要看你的努力。是麼？

　　最近我給你透露爹地年輕時那份「桀驁不馴」。其實是蔑視完美。完美的意思是：盡最大的主觀努力，爭取最有利的客觀條件，使事情做得自己滿意，別人滿意。「完美」是要別人評定的，因此不能說：「笑罵由人笑罵，好官我自為之。」這樣主觀的成分太重了罷？內在的、外延的兩方面都成功，才堪稱完美、完備、完善、圓滿，反正都是一個意思。內外俱佳。完美的爭取有時會有取捨。譬如你本來一個月可以做起一件，但為了完美，你花一年才做好一件。在時間上的取捨，從眼前利益看，你是划不來的。但完美卻經得時間考驗，才長遠影響，因此要爭取完美，就要不怕因取捨而犧牲眼前利益。

Daddy

薇：

　　上班才一周，你就歎波士難對付。聽你的言語，似乎是有驚有喜。我常覺得我一生人中有三次喜遇。第一次喜遇名師，她的「名」不是虛名，是一位在學校中被她教過的學生都會對她衷心愛戴的好老師，這樣的老師不少人一生不遇，我有幸遇上了，她剛柔有度，對學生有原則亦有溫清，授業方法是最艱難的東西，她都能化為最具體最生動的部件徐徐輸入學生的腦袋，所謂「如沐春風」，就是面對這名師的教導。第二次喜遇，就是喜遇波士，這波士並非體恤下屬，而是對我事事挑剔，嚴格而乏人情味，我說我喜遇，是她使我發憤，而工作壓力感使我不停面對挑戰。至於第三次喜遇，是失戀後喜遇紅顏知己，這些你從媽咪口中大概已知之甚詳，也就不說了。

　　爹地說說遭遇，是想與你對比你目前難對付的波士。我不知難對付的程度和具體事例，因此不敢妄說。但很可能你喜遇刺激你奮鬥的波士呢。

Daddy

薇：

　　笑吧，現在已經要拿個公事包夾一堆東西回家去做，你說從未覺得自己如此重要，白天跟着波士團團轉，晚上要整理一些備忘錄等。

　　我曾看過美國一位社會學家一本著作，書名忘記了。但內容有一篇印象深刻，「常常把工作間的事務夾回家去做，你誤以為這種工作狂熱是美德，朋友，你錯了。」書內有這麼一句記憶殊深。

　　爹地不是給你潑冷水，你別誤會。而是想告訴你，一個真正能幹的人，要善於忙裏偷閒，也要善於把工作化解、分工，不要以為自己才最能幹，自己做才最放心，因而把工作全一攬子自己幹。我不了解你的工作實際情形，這只是一個泛泛而論，並且提醒你，多讓別人為你忙，而不要變成你周圍的人都閒着，只有你忙。我只是隨便說說，希望對你有參考意義。（留了一份九一年的香港藝術節的書給你）

Daddy

薇：

　　知道你的工作漸入軌道，同事的關係和洽，上司對你賞識，由於你工作勤奮，業績已經點滴建立。爹地真為你高興。到一個新的環境，能夠各方圓潤而行，實在難能可貴。總結一下，你一口氣說了五個原因，運氣是其一，認同角色是其二，你滿懷興趣去學習工作是其三，人際交流順利是其四，可剛巧公司運作進入興旺期，整體帶動了個人業績是其五。

　　我真喜歡你有這麼強的總結力和概括力，並且第五點是我最欣賞的，因為一個人取得了成績，容易看成是一己的努力，忘記了還有一羣人的工作，你看到個人業績是整體帶動的，那麼，虛懷若谷，這成語你是領略其內涵了。另外，認同角色——你是個主任助理，就要站在這個職守上，開發你對上對下的關係和洽、適當的忍讓，完成你這角色的責任。薇，努力吧，這是個好的開端。

Daddy

薇：

　　你派人送來的一大包花旗參已收到。你這公司也真頗有怪招，上班滿十天，根據個人表現，會送來一份「開工利是」，紅封內有五百大元，還有一張鼓勵滿紙的賀卡，由兩個大波士簽發。你說頭十天的緊張工作都得到回報了，下周開始公司派人教你用電腦，你現在回家要看一大疊用法守則，準備口試。香港目前人才難求，你的主動、積極與進取精神，大概已得到波士賞識。但工作是漫長的，沒有畢其功於一役的戰鬥，以後的日子，是看一個人的定性與韌力度，驟冷驟熱是工作大忌，我送給你的生活錦囊，就是：不急進，不緩步，踩穩上步走出第二步，每一步留下一個完整的腳印。日常工作處理上，一件一件清清楚楚，有頭有尾，忙的時候，忙而不亂，閒的時候把工作做得更細緻。注意你周圍的人，不疏人際關係，「飲杯茶，食個包」，這點待人接物的誠意、傻情不可無，不要讓別人覺得你是個丟了頭的蒼蠅才好。

Daddy

124

傻情

薇：

　　和你筆談了兩封信，是情感在人際關係上的幾個要點。我希望我的女兒是懷一副直率情性待人，不虛假、不偽託，待人以誠、待人以善；但我又希望我的女兒不要被別人的虛假偽託刺傷，不要不辨環境、情勢把自己的情感和盤托出。以前老一輩對往都市闖天下的年輕小伙子教誨：「逢人但說三分話，未可全拋一片心。」老人家主觀意圖不是教他虛假，但可能用上了，就變成：「七分假話逢人說，泯着良知黑一心。」那就可怕了！但年輕小伙子以為在忠實執行前輩的教誨呢。我們試着做真善美的嚮往者、追求者，矯情首先就是真善美的叛徒，因此，在無可奈何時，我就走「傻情」這一着了。你也許讀過魯迅一篇文章，他說某人誕下麟兒，奉承的人說這嬰孩將來必聰明、富貴、有權有勢，於是奉承者得到回賞；一個老實者說，這嬰孩將來必會死，這人被趕出門。魯迅說，在這情形下，你就說：這孩子長大後嘻嘻哈哈……這就是我說的傻情了。

Daddy

薇：

　　日前我提到「傻情」，你說這詞很新鮮。其實我們平日以「情」待人，不外乎是真情和矯情。真情是以誠意做核心，一顰一笑都是真實心境的反映，開心時多說幾句，不開心嘛暫時封閉自己，或者表露出來，等待人的慰解。但是，有的人習慣把自己真實的感情綿綿密密地收藏起來，像唱歌的人有的用真音，有的用假腔。當這個人的哀樂並不是他真實心境的反映，就稱為矯情。矯情也有多種哩，一種是矯飾、假裝、偽託；一種是故意違反常情地以誇張來表達。不能說用矯情的人就是小人或歹角，有時當你面對一個非常環境，或者周遭的人不是你喜愛的人，也會以矯情對待。日常生活中，一個都市人免不了真情、矯情互用。當然，有的人慣了掩飾，事事以矯情待人，這種人難以交到真朋友；能保持真率情性的人，就顯得可愛可親。可是，都市啊，人與人間的虛假竟然是保護色一種，因此，在此情形之下，我主張用「傻情」。

Daddy

薇：

　　我不是在此推銷「傻情」，不是的，你誤會了，爹地其實在反對矯情，反對一個人以環境複雜為借口。事事以虛假處世，於是，提出不矯情的某種妥協，不矯情，必要時能以傻情出之。

　　人際關係上，首先不要抱着回收的態度，怕吃虧的潛台詞就是巴望與人相處有所收穫。當無所穫，就覺得賠了時間，已經吃虧了。只有擺脫上述這種心態，才能拿出真誠待人。真就是快樂的基本，要追尋快樂，要心情舒泰，就必要以真情待人。

　　高興聽到你在新環境已經有了新朋友。公司設了個微波爐，方便同事帶個午餐盒回來翻熱。你是微波爐擁躉，並且每次多帶一兩份，若見寫字間中有人懶得出外午餐，你就把多帶的給他（她），這使你意外地贏得朋友。

Daddy

薇：

　　什麼是「傻情」？我給予它的內涵是：不作判斷、不予深究、不牽腸掛肚、不挪心入肺，難得糊塗，一股傻氣，該幽默時幽默，可搞笑時則搞笑，亦不存心騙詐。這可說是介乎真情與矯情之間的一種人際關係，是在摸不透人心時一種真情的妥協。這似乎說得很世故，爹地入世比你深，卻不願意你被生活磨得老於世故，但是，又知道你處身的新工作環境面對很多人，而且人際流動。我們第一選擇以真情待人，但在無奈的情形下，要妥協，又不想自己墮入矯情的迷陣，那麼，傻情不失為一種權宜。傻乎乎的，不是刻意扮演，卻是「無厘頭」一陣，無傷大雅，像繃得緊緊的絃索放鬆一點點，這是用情的方法一種呢！

　　但是，好朋友前，卻不能老是以傻情侍奉。真情的可貴是它有安全感內藏，人際間互相信賴是最安全的，唯有真情待人才會發生信賴。某人用慣了矯情，人們就會防他，此情背後會否笑裏藏刀？

Daddy

雲表姨

薇：

　　先讓我用「她」來做個代號。她由於中五後到美國求學，但家庭環境不允許。這樣，她尋求國際交換學生計劃機構幫助。她自信的條件是：願意體驗新生活，適應性強，自己有東方女性的優點，還懂一點中國民間舞蹈，曾得過校際比賽的獎項。後來，她的申請被接納了：美國有一個家庭願意收養她一年，把她當做女兒，替她在當地找一間中學，讓她完成在美國中學最後一年的學業。但她的家庭反對。她覺得這是一個好機會，就盡力說服了父母，並且短期給家裏換了牆紙——她的意思是實驗一下做些難度高的家務，將來到了人家的住所，當了別人的女兒，就要好好為別人做家務，不能白吃、白住。她滿懷自信和樂觀。她成功了，憑她後來寫返香港的信，知道她處於一個不足十萬人的小鎮，幾乎沒有中國人，但民風淳樸，美國人本質善良，她受到新家庭及兩個小弟弟的歡迎，還有鄰人的好感⋯⋯

Daddy

薇：

　　昨天説的「她」，不是別人，正是雲表姨。你知道她今天已是三藩市一位成功的律師，為華人打官司出名，替亞裔美國公民爭得不少政治權益。我説的正是她十年前一個工人的女兒隻身赴美的真實故事。其實，雲表姨的例子正是千百個華僑在海外奮鬥的故事中的一個。有一次和雲表姨談及她當年何來勇氣，孤身到萬里以外，去做外國一戶陌生人的家庭成員。她説，基於兩個信任：第一個信任國際交換學生計劃，不會隨便去找一些人家；第二個信任自己的能力與靈巧，因為交換學生計劃開宗明義目的是讓不同國籍、不同民族的人真切的文化交流。她覺得自己可以讓美國人認識中國和中國人勤勞、善良的品性，這樣，她是目的明確，因而做到樂觀而自信。她成功了，到美國兩年後考進華盛頓一家大學唸法律，而唸法律正是這家人對她的建議和鼓勵。

　　磨煉堅韌力──「好風憑借力，送我上青天。」薇，你亦會成功的。

Daddy

魔鬼化身

薇：

　　魔鬼化身的人不會沒有蛛絲馬跡可尋的。一見鍾情雖然浪漫，卻就可能碰着個壞分子，所以，新聞故事教訓我們，一見，鍾了情，也要把情小心藏着。誠實是第一觀測，老是有東西隱瞞的不會有真情。從細微處關心別人，並非做作，他這樣可得高分；愛護孩子，孝順母親，凡尊重婦孺者都可獲高分。分數夠了，就可讓他移進你心坎，否則，摒之於大門外，哪怕他跪着哀求。像那些時代曲說，「男人的眼淚，由他去吧！」，「愛，並非憐憫！」

　　乖女兒，你為什麼興致勃勃，要我談魔鬼化身的男人？不過，最近新聞故事也實在太多驚嚇人的事，一個女孩子，應觀人於微，在選擇終身伴侶時，步步為營，決非多餘。男人是越來越多壞蛋，他可能在事業上有他驚人之作，在撈錢上很有本領，但對於女孩子，如果只抱着「溝」，「溝」着了，是他一件愛情靶子上的獵物，「溝」不着，也要置對方於死地而後快，這種壞蛋，誰愛他哪能不倒霉？

Daddy

薇：

　　新聞人物中的那位女性，真為她慶幸，也為她難過——打開衣櫃看見媽媽的腐屍藏於其中！兩日前，她回家看見那魔鬼化身的兇徒若無其事，騙她說她媽媽回鄉去了。他看來殺機未了，要把一對母女送上黃泉路，卻剛巧她帶着兩位同事回家，使他無從下手。這「魔鬼」曾經與她同居，戀愛者是殺人者。正如你所說，真實生活，有時連小説也無法摹擬。你説你看了新聞，心裏發毛，會不會聲聲愛你的人，卻是殺你的人。恨深埋一個人心中，再發展為仇殺，這中間有一個過程。愛一個人，若發展到一方不再愛，怎樣帶動對方淡化這段愛情，減輕對方的痛苦，這一點至為重要。

　　「對不起，我已經不再愛你。」這話怎樣説呢！一方面要深思熟慮，一方面要斬釘切鐵，一分即分，不可藕斷絲連，離開了就別再見面，坦誠告訴對方，然後即行於空氣中隱去吧！愛不成就恨，並要同歸於盡而後快的人，誰選擇他之初，可曾是盲目的愛？

Daddy

微波爐

薇：

　　你添置了一個微波爐，好奇地用它來做什麼美食，說實在的，還是不及明火明爐的好，你試再買幾本微波爐食譜研究一下，下星期日，我再來試味吧。

　　微波是輻射能的一種，能穿透玻璃、瓷器、紙張和大部分塑料。你可注意安全，它能烤熟食物，也可以烤熟廚師呢。微波爐內，有一種叫做磁極管的裝置，利用電力產生微波。用火煮食時，是熱力的直接傳導，通過烘熱的空氣和鍋子，把熱傳到食物外層，然後由外及裏。微波爐呢？它是讓微波和食物中的水分子玩遊戲，原來水一旦吸收了微波，它就會按照微波產生的電場方向排列水的分子。這些電場方向不斷改變，每秒鐘震盪幾十億次，那些水分子被它「玩死」，像一個神經軍官一時操左右左，一時操右左右，一時橫排，一時直排，不停變動，兵士又要絕對服從，這樣只好不斷移動。水分子就好比那些「兵士」，微波的電場就是那「神經軍官」，水分子急劇地改變位置，就產生熱量，把食物烘烤熟了。

　　從原始人到現在都是靠人得到熟食，現在一下子觀念改變了，你習慣嗎？

Daddy

關懷父母

薇：

　　這幾天有些低燒，常徘徊於 99 度，人就覺得呆然，但亦未至影響生活。醫生説最好檢查一下五臟六腑。但人頗有惰性，你媽咪説下周带我到威爾斯親王醫院檢查。

　　爹地這硬骨頭，五十多年修理不多，這就可能做成麻痺大意。這一回，倒想聽聽女兒給我講講道理，健康何其重要，有時在家人關懷、推動下，可能不會那麼對健康「任性」。

　　其實不單是我，你媽咪的毛病也不少，睡覺容易醒來，不容易熟睡，腿部偶有風濕。你也得多關懷媽咪的健康。上下兩代，上一代一般心裏喜歡下一代有婆婆媽媽式的關注，但下一代可能嫌瑣碎，細緻的關懷不輕易啟口，特別是做兒子的，會表現感情粗疏，與女兒比較，相對地不會關懷父母，是嗎？一份來自下一代的細心關懷，做父母的何等渴求啊！我和你媽咪很幸運，有幾個重視親情的兒女。

Daddy

温室效應

薇：

十二月已在望，天氣確是反常，星期日你回家，見仍單衣短袖，真疑這裏是新加坡。記得十多年前，十一月份棉袍已出籠。近十年八年毫無疑問地球的氣温在變化，大家都説氣温逐年上升，是「温室效應」的結果。就好像一間玻璃屋，有陽光射進來，熱氣焗在玻璃屋裏，變成一個温室，熱氣散不去。現在這間地球上的大「玻璃屋」，擋着熱氣的是我們年年月月燒煤、燒燃料產生的廢氣，汽車噴出的死氣，工廠大煙囱噴出的煙⋯⋯

本來樹木可以吸了一點二氧化碳氣，但人們又大量開採樹木，變成廢氣日增而吸收廢氣的樹木日少，在空中形成了一道人造的氣體屏障，太陽光的熱力散不去，我們好像生活在温室裏，就叫做「温室效應」。氣温上升，造成部分地方乾旱，糧食失收啦，最可怕的是有的科學家估計，當氣温上升到使兩極的冰山溶解，海水上升，香港等地會上演「水漫金山」，在彌敦道要坐艇仔去紅磡。

Daddy

親情最可貴

薇：

　　你的夢想竟如此美妙，兩個弟弟高興得在睡牀上不停地跳，我簡直弄得心律不規則了，媽咪卻睡到半夜把我叫醒，説：「太花錢了，很肉刺！」不過，我是無論如何支持你實現這夢想的。

　　現在距離聖誕節一個多月，你已經找到合適的旅行團吧？你有一段説話很觸動爹地的心弦，你説：「世界上親情最可貴。一家五口子到歐洲過一個快樂的聖誕節，讓我們在雪地上大笑，摟作一團。我工作了多年，儲蓄的會用來叫一家人永誌難忘，那歡愉會成為畢生的回憶，這就是女兒的夢想。趁我找到一份好工作，也趁我還未找到男朋友，沒有羈絆，爹地、媽咪，當人生可以快樂時，得緊緊擁抱快樂，這是女兒深切的體會。」

　　我似乎聽見掛在雪鹿的鈴子在響了。我第一次過冬雪之夜是在西安，那天去秦始皇陵墓參觀回來，在半路又下大雪。我懷念冬雪之夜。

Daddy

擇友的要求

薇：

　　最近與一位美國留學生談，他說中國人找同伴重視人的品質，而美國人找同伴重視他的個性，他把人的優點做個排列：友好、謙虛、助人、誠實、勤奮、好學、不造謠生事、整潔漂亮、慷慨、談吐文雅，中國人交友伴就從這順序去要求對方，但美國人就以相反的次序要求對方。他們先要找令人愉快的、樣子漂亮的、會講笑話、闊綽慷慨的人做朋友，能否助人，是否勤奮誠實倒無所謂。我聽了頗有點感慨，因為這位美國留學生說的是傳統的中國人擇友的要求，現在，人們已漸漸改變了，連擇友也「美國化」了，今天的年輕人都喜歡找熱情、人際有吸引力、風趣幽默的人做朋友，不欣賞那種「暖水壺」型的、外冷內熱的性格了。以爹地的性格，今天就不容易交到新朋友，幸好我的朋友都是年輕時交得的，並一直保留到今天。欣賞一個人，當會欣賞他（她）的內涵，我想這點還是中國人民族優良的一面，你同意嗎？

Daddy

心想事成

薇：

　　心想事成，這是最美妙的。閉上眼睛想：「我希望遇上個英俊、有才華又多情的愛侶！」睜開眼睛，這人就在眼前！這是童話故事，聽故事的孩子會百聽不厭，阿拉丁神燈的故事，難怪有幾十種譯本，不論什麼國家的孩子都愛聽。你童年時在外婆家寄養，她大概限於文化，沒有給你講什麼故事，等到爹地想給你講故事時，你又不是想聽故事的年紀了。到現在，你說忽然想彌補這童年的缺失，想聽一些心想事成的美妙童話。

　　我倒有興趣知道你最近有什麼夢想？有什麼熱切希冀能夢想成真？

　　然後，看我能不能在今年聖誕節，扮個聖誕老人，把你的夢想帶來！但願爹地有這個能力。

Daddy

經典中國歌曲

薇：

　　你什麼時候喜歡了懷舊的中國歌曲？你在一個音樂會聽到的《教我如何不想她》，的確是中國歌曲中的經典作品。用鋼琴伴起來，男低音或男中音唱起來，十分悅耳！中國流行歌曲可以耐聽六十多年的，真是十分稀少，現在的流行曲，一兩年就消聲匿跡了。《教我如何不想她》是五四時代名詩人劉半農的作品，名作曲家趙元任譜曲，歌曲誕生譜出於一九二六年。我說是流行歌曲也許有不少人不同意，認為應列入藝術歌曲之列，但從它在中國流行程度看，它確是如假包換的流行歌曲呢！現在中國人起碼有四代人會哼這首歌，八十歲的人在青年時曾聽人唱這首歌，六十歲的人少年時代常從收音機中聽這歌，到四十歲或二十來歲的你，會在音樂會中常聽到這首歌。你希望我翻翻書本有沒有那歌詞，終於在一本舊書中給我發現了，抄下來給你吧：「天上飄着些微雲，地上吹着些微風，啊，微風吹動了我的頭髮，教我如不想她？月光戀愛着海洋，海洋戀愛着月光，啊，這般蜜也似的銀夜，教我如何不想她……」

Daddy

香港藝術節

薇：

　　一九九一年已在招手。本來怕歲月催人，但在大會堂低座的櫃枱前，拿到印刷何其精美的一九九一年香港藝術節節目表，知道其中一些節目在預售前會銷售一空，就急着問問你，可有興趣陪我與媽咪看其中幾場好節目？明年一月十九至二月二十的節目，現在已接受郵購訂票了。

　　明年是莫扎特逝世二百周年，故應屆的香港藝術節以「莫扎特特輯」為標題，重頭戲自然與莫扎特作品有關，那是歌劇《費加羅的婚禮》，這歌劇由世界一流女歌手以意大利文演唱，在歐美演出時票價驚人。我想十九號看七點半第一場，這歌劇演出豪華，有中文字幕，買一百二十元的票如何？另外有兩場舞蹈我也很想看，一是使人對芭蕾舞大大改觀的美國卓扶利芭蕾舞團的演出，二是娛樂性極高的艾素舞蹈團，那火辣辣的演出，我早已聽聞。至於香港人的演出，想看中英劇團二月初的演出《狐狸品》，粵語對白，是一齣刻畫人性又娛樂性高的話劇。要早日訂票了。

Daddy

薇：

　　每年的香港藝術節，如果留心研究各場演出什麼節目，都會有意外的喜歡。平日我們無論願意或不願意，都泡在流行的文化裏，如果說我們的人生是多元的，那麼，我們的藝術觀賞，何以只有一兩種趨向？趁這一年一度的香港藝術節，選些藝術、娛樂兼備的節目來欣賞，也是必要的！我算算今年我們一家看了三場在紅磡體育館演出的歌星演唱會，便吃葷吃多了，也嘗嘗可口的素菜吧。朋友告訴我，明年初有不少藝術演出團體，從歐美及中國邀請來，由於有大機構的贊助，因此票價都是超值的。這些有名氣的表演團在當地表演時，常常有境外的觀眾花鉅款坐飛機去看。現在，世界一流的表演都請到香港來，正是垂手可得，實在不宜錯過，雖然現在未能預知明年一、二月那天忙不忙，還是先訂了票再說，反正票房今年設寄售制度，若臨時有事，可拿票到票房寄售呢。

　　　　　　　　　　　　　　　　Daddy

愛的種子

薇：

　　這幾天身體不適，你買來的水果及親手設計的慰問卡都使我老懷安慰。你説了一件往昔的事，就是你九歲那年，有一夜，肚疼得厲害，我背着你到瑪麗醫院求急診。但診室外堆滿各種病痛的人，還有汽車失事的傷者，一時呻吟聲此起彼伏，我為了使你不至被這種呻吟所影響，使你更覺得痛，就給你在耳畔講故事、唱歌。這件事過了十多年了，你竟記憶深刻，那天你對我説的一句話，我甜在心底，你説：「爹地，我已經儲蓄了一些故事和好聽的歌，有機會我也在你耳畔給你講故事，給你輕哼。」

　　生活是包含各方面的情愫，親情卻是天地間最寶貴的。但親情要播種，種愛得愛，種恨得恨。我慶幸曾播了愛的種子。

Daddy

人生的重要範圍

薇：

　　年結工作如此，一些給你壓得透不過氣來。我最近膽囊發炎，身體健康來到個低潮，卻反而給我一個靜思的機會。我悟到了人不能老是匆匆忙忙。過去，聽人家說，上天給你一條命，你用得好，可以當兩條命來用。我以前的理解，所謂兩條命，就是每分鐘幹兩分鐘的事，把光陰加倍地去運用。現在我覺得這想法是錯的，真的因為兩條命？不是用時間來衡量，在造物主的觀念裏，數億年才叫長一點的時間，人的生命一百幾十年，那只是宇宙的一瞬光陰。我想，人生用得好不好，是重質不重量。要從質素上去尋求自己。

　　一個億萬富翁，在財產上他有超量的擁有，但他在人生質素上未必能擁有什麼。一個大忙人，工作拚命地幹，會議一個個地開，但是人生的質素也可能不過爾爾。但你若在人生的幾個重要範圍上有好收穫，就比什麼都重要。你願意煩厭地討論，人生的哪幾個範圍嗎？

Daddy

143

薇：

　　人生哪幾個範圍最重要？這大概還未有定論。我覺得有幾個關鍵地方，你得着了，並從深層上有所收穫，這一生就一點也沒有白過。

　　第一是成長。動物中人的成長期最長，幾乎達生命的四分之一，這成長包括身體的成長、心智的成長，但一個人成長有一部分並非自身可以努力獲至的，還有看父母、師長、環境，但也有部分是自己可以努力的。成長需要奮鬥，卻是千真萬確的經驗。成長不能走過場，要深入並靠個人體驗而得。

　　第二是情愫。人的外表是皮，皮囊裏是血、肉，但融溶其間，感覺得到而捉摸不到的，就是情愫。有人概括是：「人是感情的動物」，如果人缺了情愫，是冷血動物的異種而已，一個寡情的人必然寡義，不論對人對物，要充滿感情；在「情」字上無愧於心只是起碼的要求，還要有深情深意感，做個「情深萬丈，義薄雲天」的人。

Daddy

薇：

　　你說聽爹地談人生的範圍，聽出味道來。好吧，我就不怕嘮叨，再說下去。

　　人呀人，你要成長，你要有情有義。昨天談了「成長」和「情愫」，而情與義是分不開的。因此，人生重要的範圍第三是忠義。

　　「忠義」過去被封建思想歪曲了，變成愚忠瞎義。這裏說的，是人生裏頭要有原則，有操守，有良心。忠誠於一個信仰，忠誠於一份專業，忠誠於你愛的人；對友誼要行義，對一切人有仁義之心。這方面我們容易為一己利益而掉了忠義。那麼，人生、人生，沒有忠義的人生，是污辱了人生啊！

　　我就只想到這三點。其他如業績、財富、美人（或俊男），反而並非人生必取範圍，或者說，是前三方獲得以後，那是可能得到的副產品，從另一端來說，叛離了前三方面，即使得到業績、財富、美人也是無意思的，人生也是白過。

Daddy

喜上眉梢

薇：

　　一羣同事都説你最近面色紅潤，喜上眉梢。實際情形是否這樣？你確信自己最近行事清爽順利，胃口好，睡得香，那麼，喜上眉梢是信心很足的表現。

　　聽説有些人是很會自我暗示的。別人一個微笑，一聲讚許，他都用來增強自己的信心，添加自己的快樂。

　　但有些人卻敏感於一些不良的暗示，人家説：「喂！你今日面色唔多好噃！」他立即照鏡，覺得果然有些晦氣，如果出自相士之口，説你某時會有災劫，那更不得了，茶飯不思，似乎要等候倒霉的降臨。

　　人就是這麼奇怪，心理活動會左右我們的情緒，左右我們的生活，甚至左右我們的命運。

　　薇，你要訓練自己能接受良好的暗示，對一些不利的説話一笑置之，甚至加倍做些好事、快樂事去與不利的暗示抗衡。

Daddy

居安思危

薇：

　　真的，我一直是個居安思危的擁護者，當你好景時，心情靚的時候，我偶然靜思，如果我明天倒霉了怎麼辦？這好像給自己潑冷水，但因為冷水不是別人潑來，而是我的心理活動，不會引致惡劣情緒的反應，卻使自己一方面珍惜好的現況，一方面不會喜樂過了頭，又適當去做些可能晦暗的準備。自信的人都善於作「兩手」準備，得意不過頭，成功不驕傲，別人送來的鮮花不會暈陀陀而迷失自己。同樣地惡劣情緒降臨，又能靜待低潮過去，冷靜分析現狀，不自卑，不自歎倒霉而表現氣餒。

　　薇，情緒的變化是多方面影響的，自己業績，別人的彈讚，氣候的變化，生理的調節都會引起情緒的起落。我知道，你最近「心情靚」嘛，為父就和你說「兩種情形」。祝你穩步上揚，明天會更好，後天會更更好。並祝你心境平和，能隨遇心安。

　　　　　　　　　　　　　　　　　　　Daddy

成熟表現

薇：

「老癮」是以不知為知的所謂成熟表現。一個人不妨知多一點，但又要不讓所知的成為清規戒律，處處規限自己和別人。因為事情絕不會一成不變，一般的道理常常不一定適合個別的情況，因此「知道了」，還要「放開了」。小鳥的五臟齊全，但小鳥不失其天真活潑。以前我和你談浪漫、談傻情，後來又談到寫作、談操守，這都是沒有矛盾的。今日的社會是個七彩繽紛的多元世界啊，稍一呆板，就會與朋友疏離，與時代脫節。

你說怕知得太多會成「老癮」。不，常常一知半解，自己以為知得很多的人，才會「老癮」，或扮「老癮」，當一個人真正融會貫通了種種知識，反而會豁達而開朗。我們說一些人有「鬼才」，常常是他把所知的掌握透徹了。一個書法凝練的大家，一枝禿毛筆也寫出叫人欣賞的怪體呢。

Daddy

愛護小孩

薇：

　　最近社會上虐兒嚴重，父母打孩子打得很兇。有時父母打得自己也痛心，事後向警局自首，自己揭發自己的虐待兒女——這是多麼辛酸的人間悲劇啊！

　　薇，這說明了有些父母是逼着把兒女做出氣袋的。因為小兒女是弱者，他們只能由得父母打罵，而真正的弱者，就是打兒女的父母，他們不敢有別的選擇，就讓小孩子來渲洩自己的苦悶。打孩子會有慣性，打了一次，下次小孩子不小心觸怒父母，父母又會拿起無情鞭。我們還沒有做父母的，先要未結婚而學養子，認識兒童從零歲至十二歲那關鍵性的成長階段。打孩子，挫傷他的心理比皮肉之痛更可怕。薇，你要立志做個愛護小孩子的善者才好！

Daddy

談電影

薇：

　　電影常常供給我們精神按摩的作用，腦筋打結嗎？電影為你鬆鬆，有時加些什麼醉你一醉。但手法不是都可取的，譬如以刺激官能，讓一些人性慾蠢動一下，來作為消極休息的一種方式，就容易使人變得「鹹鹹地」以至「鹹過頭」了，是嗎？但一些劇情好的戲卻不宜錯過，戲假情真啊！如最近上演的《浮世戀》、《滾滾紅塵》、《愛在別鄉的季節》，都是此情似是曾相識，這不是矯情，確是真情，只是並非發生在我們眼前的時間空間而已，我們若為此而動了感情，其實就是一次自我感情教育。我常覺感情是教育人的最好的老師，它使你心靈感動，使你百感交集，使你與自己的遭遇對比及映襯，因而加強了你感知的能力。薇，別錯過去「讀」此電影，真的，像書一樣去「讀」一下它。

Daddy

薇：

　　我看過試片後再到電影院去看一次，《滾滾紅塵》值得一看，現在難得有好電影，何以兒女私情，放在沸熱的時代，似看歷史，又似看愛情故事，很有味道。你會很喜歡電影裏的林青霞和張曼玉的。也許爹地也幾乎從那個時代走過來，因此是很有點感受。女人愛一個男人，又風裏雨裏與他翻滾，如此愛情，今天是萬中無一了，她變成是夢幻式的人物，但正因為真實與夢幻的交織，快樂與悲痛的錯雜，演來就更有戲味。

　　故事從日本侵略東北講起，女主角生活在日本人扶植的偽滿州國裏，男主角戲劇性地攝入她心房，卻是偽滿州的一個文化官。愛情與國家民族仇恨就交鋒了，跟着還有女主角的上一代遺下的悲劇，好朋友在反政府遊行中遭槍殺……執筆寫劇本的是名女作家三毛，她很會寫對白，因此，聽起來也受用。

Daddy

薇：

　　來吧，再介紹你看第二齣《亂世佳人》式的電影──《浮世戀》，這和嚴浩拍的《滾滾紅塵》有異曲同工之妙，這回你與艾雲、阿娟同去看吧，我覺得這類電影是妙齡女郎的調劑妙品，看看人家怎樣戀愛，怎樣與她的男人共命運、共哀樂，又看看時代動亂是怎樣子的，以增加你們心靈，看「別人的滄桑」，會幫助你去感受和品味生活，不知為什麼，最近電影院接二連三是這種初嫁女人的電影，遇有第三齣《愛在別鄉的季節》又是結婚，時代風浪暴起，命運弄人……不過也不嫌其多，都看吧，別錯過，有時會三年不逢一閏，現在都一起來了，正是可以看個飽、感受個飽的好機會。《浮世戀》的演技、導演手法、音樂，甚至日本人，落在異鄉的情韻辛酸都可一看。

Daddy

薇：

　　《亂世佳人》式的電影合你心意吧？你說與阿娟同去看了《滾滾紅塵》，她竟然哭了，但你覺得完全是隔岸觀火，倒在惹笑對比下你有笑聲爆出。你問得妙，為什麼同是同齡的女人，同看一齣電影，會有兩般反應？

　　阿娟是個內向的女孩子，每次見到她似乎都夾着一本小說，她大抵是易感型，何況她曾在國內生活過一段頗長日子，生活裏若有辛酸味，她會比你懂得多。你自懂事後就在香港領受陽光、空氣，血液裏頭缺少中國的歷史感，這樣，一齣多少反映中國近代風雲的電影，就未能在你心湖掀大風波，是嗎？不過，這也不要緊，找些書來看看吧，或者，什麼時候又像以前倚偎着爹地，讓我給你講歷史故事，從前那個溥儀皇帝、那個汪精衛、那個……

Daddy

薇：

　　這幾年開放三級電影，人們對「性」的看法又似乎有了更放縱的表現。我們的家庭一直較保守，你的衝擊來自同事，很不習慣一些男同事動輒用性來開玩笑。什麼誰是「飛機場」，誰是「波霸」，評頭品足，你有一次幾乎與一同事反臉。

　　我懷疑這其實亦是一種「性騷擾」，用爹地當年的角度來看，就是「調戲女性」，是下流的行為。但現在似乎見怪不怪，電視節目似乎又鼓吹這一種「開放」，不接受的人反被視為老土，視為怪物。

　　我主張「有原則的退卻」。先是不表示反感，當一些人用性做話題時，不立即表示你與眾不同，對他們表示厭惡，而是可以聽聽，但不忙着表示意見；二是調整自己的見解，不使自己落後於社會，「性」是一種文化走勢，這一點我們是不得不跟着社會文化氣氛走。

Daddy

愛情路上

薇：

　　笑了半天，為的是你擺的烏龍，為什麼張冠李戴，把寫給你朋友的信放到我的信封裏？這樣看來，你也把給我的信寄到你的朋友那兒吧？天地良心，我沒有細看那寄錯了給我的信，只看見是一個男孩子的名字，現在原封不動，寄還給你，是個傳統的男孩名字，爹地直覺上是個乖孩子，是嗎？我想，現在用信來通消息，用信來通感情，是十分破格的，如像我們父女倆，竟然一海之隔的一個城市，也可以兩地書信一番，也是叫人聽來詭異的事吧。爹地希望你「從實招來」，最近認識的男朋友是怎樣子的？什麼時候帶來給爹地、媽咪看？

　　最近看了一本書，叫做《愛情路上》，是編者搜集近代和當代熱戀而走向幸福道路上的名人的 LOVE STORIES。下次你回家來，我把這本書珍而重之給你吧。

Daddy

薇：

　　你認識的男孩子，高度、體重你寫了給我，從數字看，胖一點點，高度適合，看來是健碩型。但是，他的氣質、個性、品味，仍然未能透露嗎？好吧，我也不追問了，你願意什麼時候透露，我就什麼時候去聽、去看。聖誕鹿的鈴聲近了，還有半個月我們就一起上路，實踐你的夢想——我們一家去度一個白色的聖誕。這個假期，你將丟下你的男朋友，才是我有所擔心的，你呢？

　　看了我送給你的《愛情路上》的冊子嗎？這本書我看了幾篇，亦為之感動，爹地是個容易感動的人。不過，你最近大概還要看一些旅遊的書，特別是歐洲幾個名城，凡是到歐洲旅行，不事前做些補課，了解一下名城的歷史、風景美之所在，以及博物館有什麼不可不看的珍藏，都就會如入寶山空手回了。我買了三本歐遊的書本，很好，下次你回家，快拿去看吧。

Daddy

薇：

原來你已經到過你男朋友的家，見過他的父母和他兩個頑皮妹妹。到現在才説，何密實至此？

公務員的家庭，大抵都是平平穩穩的，何況他父親長期在税務局工作，這樣的家庭，容易不問世事，有安樂飯，有皇家屋，用爹地的語言，就是一個溫室，孩子在溫室中長大。這樣表示，你生活上的磨煉可能比他豐富呢，如果我沒有猜錯，你們在一起時，你的性格比他強，主意比他多，是嗎？不過話得説回來，他學的是法律，亦會「滿肚密圈」。

隨便説説，不得作準呀。你的眼光不會錯，爹地有信心。現在明白為什麼他最近主動與我們聯繫，原來第二階段是你帶他來我家，現在先做熱身，真巧，他家有兩個頑皮妹妹，我家有兩個書呆子弟弟，是雲對月，水對山，綠樹對紅桃了，歡迎，媽咪已經日夕笑咪咪地等着呢。

Daddy

薇：

　　啊！真高興呀，看見你帶着男朋友小余來看我，這位小伙子看去大方得體，圓圓的臉、健碩的體魄，只是似乎不大習慣在新認識的人面前說話。但看他對你的眼神，是關懷加上愛護。他不小心打翻了茶，有些微滴在你的手上，他緊張地拿着手帕來，再三問你有沒有燙着，態度真摯，替你抹拭，然後又用紙巾彎着腰抹地上的水漬，而你只會傻笑。第一眼緣看，這是個不錯的對象。

　　最近我身體不適，我想在家調養，看來，今次到歐洲度聖誕，我的位置讓給小余吧。這樣，也可以讓媽咪多了解他，讓兩個弟弟與他玩玩，親熱一點，你說好不好？玲表姐答應陪我，我是不會寂寞的。愛情有二人世界的時候，但不要只耽於二人世界啊，有時放他在親友之中，反而看到他的真心，你說是不是？

Daddy

薇：

　　這真是無巧不成書，今天我到律師樓辦些事，發現坐在一角的，竟然是小余，就是你日前帶他來看我的男朋友。他看見我，立刻站起來，上前輕聲問我：「世伯，我是小余呀，你記得我嗎？我就是在這裏辦事。我能幫助你什麼呢？」非常親切，我甜在心頭。後來，在他幫助下，我很快就辦完了要辦的事。想不到他還一直送我來電梯口，要跟我進電梯去，送我到樓下。在我堅持之下，他才與我握手，回到律師樓去。看來他的人情味不是虛偽作狀，是一種誠懇的態度。這也真是緣分，前天你才介紹我認識，隔一天我又碰到他了。你沒對我說過他是幹什麼的，我倒「闖」到他寫字樓去了。你說巧不巧？

　　我們歡迎你帶着男朋友，與我家一起遊歐洲，這不會是什麼「電燈膽」啊。你能這麼說，我真高興。一九九〇年眼看過去了，這一年好事一件接一件，你找到好的工作，還遇到個滿意的男朋友。

Daddy

159

了解男人

薇：

　　你想我和你討論「男人」嗎？

　　男人一般喜歡自己決斷一件事，但在決斷之前，可以看見一個男人的性格是謹慎、多慮、還是魯莽。有的人誠懇地多聽各方意見，才作決定，有的猶疑再三，決定了又會反覆或後悔；有的不管三七二十一，急急就決定。這方面，女人比較小心，有時寧把決定權交給別人。「是但啦」是一些女人的口頭禪。

　　男人喜歡別人對他誇獎。不論大大小小的成功，如果有人誇讚他，會很受用，甚至會得着更大的信心。情人對他欣賞，尤其重要，若與別人對比，説他不如人，是對他最大的打擊。這方面和女人比較，男人從質到量上，都會比女性更貪心於獎勵和榮譽。

　　這兩點你會有所體會嗎？

Daddy

薇：

　　要了解男人的特點，其實沒有什麼不好，因為在日常生活裏所接觸的不是女人，就是男人，何況將來的丈夫是男人，了解男人的特性，簡直是女性的「必修科」呢！

　　昨天與你筆談了兩點，今天再談三點。

　　男人處理感情問題不容易理智對待。男人的感情波折包括與朋友鬧翻了，與愛人吵鬧了，與波士或同事衝撞了等等。一旦有了波折，男人會很衝動，容易使問題弄僵。

　　這方面和女人比，女人會較冷靜，容易妥協。男人常常因為不會處理好自己的感情而使事情很被動。

　　男人比較不耐寂寞，男人形成日常習慣後就不想改變，青年男人喜歡「埋堆」，中年男人渴望有個紅顏知己，他的衣着和飲食品味、閒談習慣、交友、嗜好，定型後就會老是這樣了。好了，前後五個特點，你能從生活中驗證嗎？

Daddy

薇：

　　愛孩子是一個很好的個性，男性如果是天生愛孩子，他就在剛陽中有一份母性的柔情，所以爹地一直主張觀察對象，看看他對孩子的反應。

　　例如，帶男朋友外出，不妨偶然故意帶同小弟妹。當然他為了遷就女朋友，也會表現疼愛小孩子。但愛孩子的個性是裝不來的，特別是孩子頑皮時，不久就消失了耐性呢？哄孩手時是否也散發一份天真呢？

　　此外，在路上，在車裏，遇到了小孩子時，他的反應如何？是覺得厭煩？不放在眼裏？還是馬上有一份憐惜的感情浮現呢？在車上，會自覺地給小孩子讓位，當小孩子不知好歹弄他的衣服、扮鬼臉，他的反應是親切呢，還是覺得豈有此理呢？

　　總之，在微細地方觀察男朋友對小孩子的反應，就可以看見他性情是善良，還是有掩飾的陰暗情緒藏着。

Daddy

薇：

男人為什麼不可缺？在你生命中，為什麼他常常顯得那麼重要？愛情其實是感情互酬的一種，兩性友誼漸次晉升，或有一種希望共同生活、互相照顧的願望。本來，大部分動物都如此，而人類和動物不同者，是生理以外還有更重要的愛的心靈滋潤，我最近看了一本書，是一個美國婦女解放運動者兼心理學家寫的，書名竟然是：《女人，你的天敵是男人》。這書名真唬嚇人，為什麼男人會變成女人的天敵，而不是此志不渝的伴侶呢？這是有一定的社會背景的，其一是女性經濟獨立，心理上不會存依賴之心，因而不會對男性百般遷就，特別是結婚以後，還仍然地保持自我。其二是男性被這性商品氾濫的社會沖擦得迷失方向，對女性的要求常常是自己性心理的反應多於真誠的愛意，於是，有意無意間，男人做出傷害女人心靈的事，但是我想純一點的男孩子還是不少的。

Daddy

薇：

　　什麼叫做「患得患失」，你問得妙。這本來是男孩子的愛情心理，現在跑到你那兒去了？還是你的朋友染了這病，向你傾訴？

　　在愛情初發生時，朦朧感會覺得對方是那麼適合自己，因而希望這段愛情無風無浪。但，實際生活往往並非如此，對方一時的反應冷淡，或發現對方原來有些缺點，未使自己感到完美，產生若即若離的行動，本來熱的，想想還是冷卻一下好……這種種情緒，都會使一方感到患得患失。

　　患得患失在戀愛發生的初階段，幾乎是無可避免的。一般到半年左右，彼此認識深了，雙方拿出誠意，患得患失就會過去。如果是你有這心理，那麼你設法爭取機會多了解對方；如果是他有這心理，你不妨在未能確定情人關係時，讓他知道目前仍是「君子之交」期，讓彼此多了解。自作多情幻想的事情不要做。這答覆你滿意否？

　　　　　　　　　　　　　　　　Daddy

聖誕來臨

薇：

　　最近開始收到不少聖誕咭了，你可能收到比我更多吧。我喜歡聖誕咭，因為它是載着友誼、載着問候和祝福，我還喜歡每張聖誕咭上面有不同的美術設計和含義，致送聖誕咭，別忘記了，這還是一次美術的大普及呢！你是怎樣挑選聖誕咭的？有的人不管三七二十一，選一個相同的款式，分別寄去。我喜歡自己挑選，先有一份送咭的名單，然後按不同的人，選不同的咭，我多喜歡選有高超藝術效果的美術咭，給予收咭人一份美感和安詳感覺。

　　傳統的聖誕咭，是雪景、聖誕老人、聖誕花、聖誕飾物。這表示是老套陳舊一點，但一些守舊的人，有宗教信仰的人，還是喜歡這些咭，就如我們吃月餅、吃糉子，年年款式相同，我們反而不喜歡忽然變了樣的月餅或糉子。聖誕咭的設計，近年有了大突破呢，最近收到一張穿開襠褲的「童年聖誕老人」的咭，倒也頗別緻。

Daddy

薇：

　　節日的氣氛濃濃的，雖然我們沒有宗教信仰，但何妨當作歲之將盡，慶祝一年辛勞後得到的成績？歡樂可以互相傳染，我很喜歡有普天同慶的日子，癲一癲、樂一樂，只要不玩得頹廢，盡歡是難得的機會。

　　你們明天上路，到歐洲八天。我就在這兒度一個寧靜的聖誕假期，但這兩天你與弟弟把家布置得真美，有松樹、有閃燈，有豔而不俗的串飾，還堆了一屋包裝華麗的禮物，我想你們即使走了，我與阿玲也感到在熱鬧的節日裏，只要開了 CD 碟，聖誕歌聲一響，歡樂情緒就能帶動到一個沸點。

　　歡樂是一種奇妙的情緒，它使「珍惜」帶進你的生命。歡樂幾乎算是一種補品，比補血益氣的什麼名貴藥材更能延年益壽，善於獲取這種「補品」的人，其實可以不花一個錢。

　　薇，趁歡樂滿屋滿街的時候，快點撿拾！

Daddy

享受靜謐

薇：

　　你們此刻大抵在飛機上，聽着航空小姐的聖誕祝福。我今日心平如鏡，享受着靜謐。

　　你記得嗎？有一年除夕，你和弟弟深夜也不想睡，我提議出去看看夜景，媽咪說我神經病，但你們嚷着要去，我穿上厚厚的外衣，一行四眾，沿着電車路向中環進發。那一年你剛要會考，一直在緊張讀書，晨昏顛倒；你看見路上那麼多人，燈飾那麼美，就傻里傻氣地說：「以後讀書讀到深夜，我就跑出來舒舒氣！」兩個弟弟還說：「做夜鬼真好！」那一晚，我們四個「夜鬼」，來到大會堂前的空地上，看海、看天上稀稀的星辰，我看着你們快樂，姊弟情深，談天說地，開心得不知時間過去，直到天星碼頭的鐘響了三下，才知已經過了半夜。趕回家去，媽咪嘮叨了一頓，我們卻說度過了最舒暢的一夜。現在回想，過去美的日子如在目前。

Daddy

薇：

　　星星私語——這一夜我似乎看見天上的星星，暗暗地低訴衷情。也許白天睡多了一點，晚上到三更仍無睡意，我倒喜歡那夜涼如水和夜色醉人的氛圍，抬頭看天，今夜沒有月，星星布滿一天，有明有暗，那些明星，似乎驕傲了，亮晶晶的很神氣，當靜心細看，密密麻麻的小星星，倒也自得其樂，與世無爭，我雖然聽不見，卻確乎看見它們有無盡情話，悄悄私語。地是有情地，天是有情天，回看窗下，有報佳音的歌聲傳來，平和裏帶着溫馨。

　　薇，寧靜中有佳趣，我們容易享受熱鬧，卻輕易錯過品味靜謐。現代人甚至用各種生活方式，去使自己不停地熱熱鬧鬧、匆匆忙忙，忘記了心平如鏡的境界是洗滌心靈的妙品。這次你度一個熱鬧的佳節，當佳節過後，再找一個下午，找一個四下無人的綠色環境，靜養心神吧！

Daddy

對物有情

薇：

　　最近露台外的花開得很好，我曾冷落了它們，最近常在家，給盆栽剪修、澆水、除草，就欣欣然茂盛了。我靜對花枝，漸漸相信花能解語。「解語花」只對有心人，你如果對它粗枝大葉，它亦只會木然無語。我想，一些喜歡園藝的人，都會相信有「解語花」的存在。

　　薇，對人有情，必須亦對物有情。我十分欣賞環保的先行分子，他們從愛護樹林，聯想到愛護一切用木材造的物品。每次收到周兆祥給我的信，我就起敬佩之心，因為，他用的信封就是別人寄給他的信封，在上邊貼一張白紙，就當新的信封用，他愛護每一張紙，因為他深感浪費紙張，就是破壞樹林。他是個對物深情的人。去探望他，看他對待客人，我就確信，能愛物才能愛人。

Daddy

新年願望

薇：

　　新年的氣氛雖然年年如是，但是今年我分外感到生活的喜悅。數數日子，明天你們回港了，我盼望着，同時與玲表姐逛街。因為在家裏過了幾天寧靜的日子，到了熙攘的人羣中，我看見不少人像你呢，青春氣息洋溢，那麼愉快，那麼迷醉於眼前生活，同時也揮發着健康的氣息，玲表姐扶着我的臂彎，我在擠擁的人羣中摩肩接踵，也享受着這份濃烈的愉快的青春氣息與健康氣息。其實，這時候，有沒有購物並不重要，在那氛圍裏，心靈已經滿載喜悅。

　　啊，一九九一！多美麗的名字，個個數字排列得如此工整，左右對稱，一九九一年將會更加接近廿一世紀了，也更接近新香港的實現。説不出理由，但信心和歡樂在心間，祝願一九九一年給我們帶來平安、健康與意外的大歡喜。凡事抱有信念，就會是成功的一半，且別管什麼世情預測的「預言家」會潑來什麼冷水吧！

Daddy

預感也許會靈驗

薇：

　　我相信預感也會靈驗，因此我會小心我心裏萌出預感，我事事建立信心，使我的預感都是迎向快樂與光明，下意識的預感，極可能是身體某個器官接收到的電波，或大腦不知不覺間於長期觀察中儲存了一些資料，在無形的加工後，就發出訊號，當然預感亦有不靈驗的，你預感會中六合彩，試買一張，卻是不中的居多，當預感十分具體，我們卻不要以為必會如此具體地出現，預感中六合彩，可能是「我會收到一些好消息」的一個訊號，如果你果然有了個歡喜的遭遇，這預感可算是靈驗了。

　　一個人有疾病預感尤其是要注意，你身體已疲累，它在發出警號，或者，該抽空去檢查一下身體吧。

　　你說你預感我完全康復，奇怪我亦有這預感，但疾病是「陰濕」的東西，我不敢麻痺。春天來了，這是生機勃勃的開始，美好的預感但願都奇妙地靈驗。

　　　　　　　　　　　　　　　　　　　Daddy

珍惜快樂

薇：

　　一家人滿載歡樂回香港了，真的，我看見滿溢的歡樂，你媽咪講，兩個孩子講，你與 D（我答應你以後用 D 做你男朋友的代號而不呼其名）在我面前不時對視而笑，心中的快樂已不言而喻了。我看了一晚的照片和幻燈片，雖然我沒有同行，卻與你們同遊似的，歐洲的名城真美，有巴黎和威尼斯的幾張，比明信片拍的還美呢……

　　珍惜每一次贏得的快樂吧，真的，快樂是贏取的，相愛、相親的人能快樂一起，尤其值得珍惜，珍惜的辦法是整理好各種紀錄，包括照片和筆記，找兩三知己一起敍談吧，再一起來同甘回味；把快樂成為動力，更好地工作、學習，美美地與人為善為樂。你或者有更多表示珍惜贏得快樂的辦法，告訴爹地吧。

　　我用個「贏」字，就是看見有人像個賭徒，贏得意外之財後，忙不迭又把它輸掉，或者胡亂把它揮霍了。對待滿載的快樂，可不能像個賭徒。

Daddy

學會體貼

薇：

　　你説這假期沒有好好陪爹地，特地找了個晚上陪我，去看燈飾。這一晚回家，我對你媽咪説：我們的女兒學會體貼別人了。真的，這是最大的感受，細心地體貼別人，誰學會了，誰就了不起。

　　前些時看一本書，有一份有趣的問卷，問一百個日本高中畢業生，你想認識一個怎樣的好朋友。綜合了答案，不論男女，都希望交一個善解人意的、會體貼人的朋友，其次才是誠實、可靠、寬容、有風度和感情深。同樣一份問卷，問一百個美國高中畢業生，聰明、快樂排第一，接着，是會體貼人。看來東西方也許有些差別，但心目中要找一個「體貼人」的朋友或異性，是四海如一啊。

　　體貼是一種真誠地關懷別人的表現。最近我染疾病，有多位好朋友來看我時，我深深體會朋友那份體貼。

　　如打聽抗病方法，找相熟的醫生替我研究病情，當知道那位醫生替我治病，就請這位醫生多多關注等等，我十分感動。

Daddy

薇：

　　你説你知道更多關於「體貼人」的方法。體貼人是細微的心意，所以我們常常會以與「入微」一起形容，説某君對人「體貼入微」。離開了「關懷」和「細微」，就沒有「體貼」了。

　　會體貼人的，他會容易「感同身受」，會容易想到「易地而處」，即是説，別人有什麼不如意的事，你會感觸到如同自己碰到不如意的事，發出注意與關懷；別人所處的境地，你會想到：我如果也在這境地，我會怎麼好呢？能夠這樣，對別人的體貼就會油然而生。

　　體貼的濃度，又常常與愛的濃度成正比。你有愛護別人之心，體貼就會隨之而生。因此兩情相悦的愛人，或感情無間的兩代，體貼得更細緻；一個充滿愛心的人，是個天生善解人意的人。但體貼也會和氣質有關，一個粗枝大葉的人，或自我中心強烈的人，自私心強的人，都不具備體貼人的品質。但體貼人的美德是可以培養的。

Daddy

薇：

　　情人間的相互體貼，或夫妻間的體貼入微，是人間愛情長春樹的重要滋養。最近我加倍感到你媽咪對我的體貼入微，當數十年夫妻，我感到我欠她的多，相對之下，我是太粗枝大葉了。誰提倡愛是無償的？真愛是無償的，但真愛是有償的，只是所償者並非物質，而是精神。柴米夫妻百事哀？是強調了物質的一面，而「有情飲水飽」是說明精神的一面。也許現在越來越講實際，沒有脫離物質的愛，但送鑽戒，而不送體貼關懷，愛情亦會褪色，從一個角度看，體貼尤珍貴於鑽戒。

　　健康的愛情是把充實人生，和心靈貼近放在首位，而不是只看見異性愛的另一個元素——情慾的滿足，只有後一個元素的，愛不會長久。

　　薇，你今日想多認識「體貼人」的意義，真是再好不過了。若愛苗植根的時候，怎能不注意培苗的養分呢？

　　　　　　　　　　　　　　　　　Daddy

性的問題

薇：

你這問題，做父親的應該給你好好的回答，你要我從男性的角度說說性愛。

現在社會性開放，只要你買得起三級電影的票，千奇百怪的性愛都在你面前一一表演，還有劇情之中那些異常多於正常的性態度、性心理，於是好的老師沒有，壞的榜樣全端上來。香港一個成熟的男人，如果生活放縱一點，性的東西就會被海綿般的男人心猛吸入了，電影、電視、影碟……源源供應。

「性是多元的」這信條竟牢牢地灌注進城市人的腦裏。男人容易把「性」與美食看做同一東西。他吃吃牛扒，又嘗嘗魚柳，吃點咖哩牛肉，也嘗嘗椰汁雞，竟漸漸幻想「性亦如是觀」。這種與「愛情永固、此志不渝」的愛情觀是衝突的。這種性愛態度的浸染，使部分的男人變成容易用情不專，對性有不切實際的「浪漫」。但是，這往往還要看這個男人的家庭背景、個性和心地，並非一律。

Daddy

薇：

　　這個城市，性的問題無法迴避，男女戀愛，夫妻結合，都有性的種種問題滲入。你的問題，我做爹地的，可以給你剖析，今日城市男女的「性愛觀」。昨日談到「性多元」這點，今日談男女的「性嚮往」。傳播媒界牽着男士的鼻子走哩，例如有關什麼「波霸」的新聞與描述鋪天蓋地而來，男女都或多或少受催眠，他們嚮往一睹豪乳，成了潛意識；城市男士容易脫離現實，嚮往三圍誇張，言行冶豔的女性，因而干擾了婚姻的美滿。

　　要找得一個比較有愛情保險的對象，我以為有幾個方法，一是不要讓愛情步伐太快，二是戀愛雙方要有相當的透明度，也就是要加深了解；三是爭取同途人生，在志趣、工作、學習上相互關懷；四是觀察能否彼此體貼，讓心靈貼近。總之，愛情不可盲目，不能感情用事啊。今天的世界太複雜了，影響到男士的純淨度，盲目與感情用事都可能帶來日後的哀痛，祝福你啊，女兒。

Daddy

感情營養素

薇：

你叫我提供「感情營養素」，差點兒把我「考起」啦。

我細心想想，一個人的「感情營養素」大概有以下多種：

看些描寫細膩的文藝電影（或電視），選些文藝名著來欣賞，體會別人的感情。

忙裏偷閒，和好朋友一起度過美麗的黃昏，在海邊或郊野漫步，談談心，毫無機心地抒發己見，交換心得。

生活日程表上，不要把公事或個人娛樂排得滿滿，留些時間去探望朋友，當友人有難，更應以第一時間到達他的身旁，給他精神上的支持或實質上的幫助。

哼些好歌。好的歌都是感情豐富的，你把感情放進去，何妨卡拉 OK 一番？

不要壓抑自己的感情，想哭就找個親人擁着哭一場，想笑就與友人大笑一場吧。

Daddy

保持幽默

薇：

放鬆再放鬆，這是我最近的生活座右銘，尤慶幸自己不會因病而消失笑容，幽默感還設法保持着。你告訴我你已繼續每周兩次去做健康舞，ONE MORE TWO MORE，聲聲悅耳。嫣然露齒是你的「生招牌」，不然，就白白浪費了爹地遺傳給你的一副好牙齒了！

最近聽一對朋友「爭執」，他們對「攪笑」有不同的看法，我覺得奇怪，我說：「生活這麼緊張，可憂可慮的事情太多了，不以攪笑來平衡，神經一定要鬧革命了！攪笑其實也有自我節制的時候，不會永遠地攪笑下去呀！同事之間，適當的加點笑料，人際關係也會比較鬆弛呢。」

最近朋友問我：「究竟男人小器呢，還是女人小器？」你媽咪在一旁，她答得妙：「當然男的比女的小器啦，有時四胞胎女人也容得下，怎麼小器？」她一語幽默。大家都捧腹大笑。

Daddy

179

面對逆境

薇：

　　我深信困難是生活的磨刀石，「逆境」這磨刀石能夠將勇氣刀刃磨得鋒利無比。我最近的確面對人生最大的困難，親情與友情給我無比的勇氣之外，我還訂下了一個克服困難的準備。

　　第一、不迴避問題，若抱着逃避困難的心理，困難會變得更兇狂。因此要盯住困難焦點，用心去一一解決。

　　第二、知己知彼，先要清楚困難狀況大小，這一點我是認真的，我把困難摸得通通透透，然後，有信心去戰勝它。

　　第三，不能坐困愁城，要找尋友軍，向四方求助，一來正好看看誰是真友，常言道，患難見真情，那些勇於幫助你，不帶條件、目的，全心幫助你的人，以後我會加倍珍惜這份得來不易的友情，常記心間，永懷一份報恩之情。

Daddy

薇：

　　「坐困愁城」是形容那些遇到困難只會獨自愁眉不展的人，幸而我沒有這個性子。但我確看見一些人當突然困難降臨，就不敢向別人宣露，以為這是我和我家的問題，自己來解決好了，到最後被愁所困無法解脫。其實，你有困難，四方求助，一來，正好看看誰是摯友。一個人遇到困難，其實最重要是攤出來讓友人知道，並希望得到援手。有困難，而得到解決，常常是七分人助三分自助。能爭取到專業的人更好，例如醫生、律師、銀行經理、宗教家、社會工作者，甚至政府一些諮詢部門，他們都有巨大潛力幫助人，因此有困難一定要想起他們。

　　當然，這還要靠平日自己的積累，就是你也是個豁達而好助的人。平日助人，當然不是為了別人他日亦助你，但，這卻是一種因果關係，平日是個自我中心，拔一毛而利天下亦不為的人，自然容易求助無門了。

Daddy

薇：

　　中國人不少都相信人中有「小人」與「貴人」的出現，求神拜佛的人，都是祈求貴人出現，不少托福，這種見解，用比較科學的態度去理解，亦有其真理性哩？

　　人的生活際遇與生命，在這大宇宙間確甚渺小，亦何其脆弱，當人生活了一段長時間，回首見自己過去的順境、逆境，就不期然覺得確有它不可預料與阻擋的問題出現，古人就概括為：「福兮禍所伏，禍兮福所倚。」禍福之間會轉化，有時確是置之死地而後生，或幸福的背後可能潛伏悲劇。往這點去理解，所謂「小人」，就是客觀困難，而「貴人」就是克服困難的助力，兩者可能不斷在人生中交替出現。一個深明事理的人，「貴人」會屢屢出現，逢凶化吉，化險為夷。乖女，願祝我們屢遇貴人，福星拱照。

Daddy

薇：

「既來之，則安之。」這句話真是中國人哲理的無價寶，事情來到大門口，我要鎮靜些——應付，以「安」為第一，因為不安則凌亂，一亂我就六神無主。講到疾病，「既來之」是不以人的意志轉移的，它來到了，無論事情大小，只能接受，然後安定自己的情緒，也安定你家人的和你周圍的人的情緒，不但不擾亂自己的心境，也要不擾亂別人的心境，因為內外之間是相互影響的，別人亂了，自己最為受影響。

這是我最近與疾病搏鬥的經驗，家人仍然如常地生活，平和的心境，無可避免會減低，但我鼓勵歡樂常在我心間，這是一種信心的歡樂，或者明白事物奧秘能處之泰然的平和與愉快。因為平和與愉快心境和那氛圍，是治病的心靈妙藥呢——噫，既來之，則安之。

乖女兒，昨天我睡得很好，起牀做了半小時氣功。

Daddy

「冷」的氣質

薇：

　　最近欣賞一幅國畫，是雪與梅，我卻欣賞畫旁的題辭：「冷豔先從雪裏開。」

　　「冷」與「雪」是天衣無縫的一對。而「雪」在中國人的文化氣候裏，並非單單喻為冷凍，「雪」竟然還有貞潔、聰明、智慧藏而不露的隱喻，難怪中國人改名，都喜歡叫做「乜乜雪」。

　　說起冷豔，其實是中國女性的稟賦，那些極端的冷且不說，一般帶點寡歡，內心肅穆、寧靜，這樣，在美態中自然給人一種冷豔的感覺。「冷」是一種天生的氣質，不易仿傚，這種氣質的女性，微帶抑鬱，談話組織了才說，情緒穩定不易波動，亦不信別人，當積累了一個見地後，就不輕易改變，常常冷着之外表，竟加熱水瓶，隔着水銀內膽，是沸熱的。現在時下有人扮「cool」，這與冷的氣質大異其趣了。

Daddy

培養藝文興趣

薇：

　　你可記得唸中四那年暑假，爹地帶了個朋友回家，他擅長國畫，後來他讚你：冰雪聰明，願意教你繪畫，這樣，每星期日上午到藍塘道他的畫室去，你去了近一學期，常帶些梅蘭菊竹的作品回來給我們看。但升上中五後，因為功課太忙，你就停止學國畫了。回想起來替你可惜，或者當時我再為你打氣，你學下去，今天培養了一種藝文的興趣，現在可以辦個畫展也說不定。

　　如果白天忙忙碌碌，晚上有一份藝術的業餘興趣，人的情緒容易平衡，對人的修養大有好處。雖然過去你沒有學成國畫，我仍希望你今天也學些藝文的東西，這是生活最好的調劑，老是營營役役，人會變得庸俗不堪，你同意麼？

　　最少，也該親近一下藝文，目前大會堂、藝術中心、文化中心等機構，都有各種節目可以引發我們的藝文興趣。有沒有請男朋友陪你去這些地方去看看？

Daddy

「加」的人生

薇：

　　生命是要不斷添加點什麼，加點藝文興趣，那是「加」，加個小生命做伴兒，這更是「加」，交個新朋友，這亦是「加」，逛公司是買了件心愛的小飾物，在桌上養一盆紫蘿蘭，到書店發現到一本好小說……這都是生命添加的小情趣。

　　啊，加的人生，薇，這就叫做朝氣！加、添加、增加，不論量的東西，不管小小加還是大大加，哪怕是你的盆栽加了一片新葉，也是加的樂趣。

　　加也意味着創意、創新、改革，你能改變一下些什麼，使它納入新意念，這便是「加的人生」取向。「加的人生」以外，還有「減的人生」、「乘的人生」、「除的人生」，你如果有興趣，我以後向你解說，這加、減、乘、除的人生都是豐盛人生的種種，我們領悟了，在奮鬥人生中就走上穩步了，明天將與你討論「減的人生」吧。

Daddy

「減」的人生

薇：

　　除了「加」的人生，還有「減」的人生。減，不解作倒退，也不是説減少了價值，不是的，這裏説「減」的人生，是放棄生活的負累。例如，嗜好吸煙的，能有毅力戒了煙，就是減的人生的妙用。

　　提起「減」的人生，我實在要好好執拾一下那工人房改裝的士多房。由於懷舊，一直捨不得掉棄很多的東西，甚至包括你兒時的衣服、弟弟的舊習作、你媽咪七十年代的幾套長旗袍、一架早年的晶體收音機、一堆舊雜誌，幾拾匣很久不聽的錄音帶，甚至裝修工人留下的幾罐油漆……為了響應「減」的人生，我決定都清理掉！分批把它們放到垃圾站去，雖然仍戀戀不捨，例如一些舊唱帶，但留着也極少聽，應該拋掉了。只有減掉這些，才能多出空間啊。「減」則減矣，卻是擺脱羈絆。

　　「減」的人生，薇，你可有什麼體會？可以拋掉什麼路途上的絆腳石呢？

Daddy

187

「乘」的人生

薇：

　　既然有「加」的人生、「減」的人生，有沒有「乘」的人生？

　　「乘」就是以倍數地增長，因此所謂乘的人生，就是擴闊生活圈，壯大社交圈，拓展人生視野。

　　很奇怪，人本性孤獨，要衝開這孤獨的本性，要下功夫。因為在羣居的社會裏，孤獨離羣意味着無所作為，除非你有陶淵明的胸懷，不然，孤獨就是生命萎縮。一生多愁多憂、疑神疑鬼的人，毛病來自內心的孤獨。

　　一般習慣，交友就交同齡的、同興趣的、同地方、同觀點的，等等。

　　如果願意踏上「乘」的人生的快車，就要改變這習慣，朋友的父母子女，你也不妨納入交友圈內，我就有幾個好朋友是十五歲以下的，同在一起，我們都覺得快樂。是雀友，何妨也有幾個與麻雀無緣的朋友呢？喜歡名車的，也可以與雜貨店的老闆聊聊交個朋友。

　　　　　　　　　　　　　　　　　　　　Daddy

「除」的人生

薇：

　　有加、減、乘人生，怎能沒有「除」的人生呢？

　　我想，人生的「除法」就是妥協，不知什麼時候，妥協變成帶上貶意，其實，從字面上看，「妥當地協商」有何不好？不是凡問題也一定放在兩根針尖上的，生活裏總有調和、妥協，人生就是一個一個妥協的組合，而不是堅持己見，「死牛一便頸」，當與人對立時，不妨冷靜地、易地而處去思考，找個妥協的方法，就能「柳暗花明又一村」。

　　「除」的人生，可以解釋為責任的分擔，是兩者的中和，是差異的調協，是取捨與選擇，是必要的妥協。如果人生裏頭缺少了「除法」，這個人就什麼也一攬子自己幹，作風主觀頑固，事事講原則不講實際，什麼東西都「密密實實」，不肯對外開放。

　　我了解你的性格，你是個「除」的人生的擁護者，你最聰明的地方是常把難題化整為零，是嗎？

Daddy

「滋油淡定」

薇：

　　你告訴我最近寫字樓有些波折。我卻想加一個很好的本地詞語——「滋油淡定」。我佩服那些滋油淡定的人，所謂「泰山崩於前亦無懼色」。要鎮定、從容不迫。我常希望你處事不慍不火，要產生業績，並不能像尾巴燃放爆竹的牛，一味頂着角向前衝可以達到的。結合你的能量，適當地、有目的地發放，並且不斷地創造天時、地利、人和的客觀助力，好讓天助人助，而不是不管輿論、不理他人的評價，只看見自己的動機與目標。香港的人容易樹敵，做成「小人」成籮，消弭了你的能量，抵消了你的努力，或者找錯了方向，看錯了目標，誤把馮京當作馬涼，最後才知道自己白幹了。

　　利用假期和男朋友，去郊外跑跑吧，忘記了寫字樓的煩惱，當腦袋清洗去這些塵垢，也許反能心清目明，找到了解決的辦法。我愛莫能助，只能説：滋油淡定，總之要定！

Daddy

年底的肅殺感？

薇：

你問我為什麼逢舊曆年底，總有點肅殺的感覺，所謂「臘鼓頻催」。現在社會較繁榮，不像我們年輕時，每逢年底，就有很多窮人在押店前門進進出出。

年底颳起的寒風，一直不散，好幾天沒有太陽，這種寒流在心裏已蒙上肅殺之感。不少商店、貿易行，仍行中式會計，那麼年底是結賬的時候，特別是客商欠下的街帳，這時候加緊追討。為了清理帳目，一些一年經營不好的店子，年尾都發愁，因為銀根抽得緊緊的，日子不好過啊，這樣部分商人，年底怎能沒有肅殺感呢？

但對於你，那應該是迎接春天的盼望，何來肅殺感呢？女兒，春天的腳步近了，你的心可萌出什麼新的計劃？

Daddy

「善心」的含義

薇：

　　我最近設法參悟「善心」的含義，説來願與你分享：「善心」第一條是低調處理日常生活冒出的火花。街市買菜，常見菜販與顧客爭執。菜販叫價三元一斤的瓜，今天改叫五元一斤，顧客會大叫「你唔好去搶？中東火箭打到嚟嗎？一天起價二元！」於是火爆鏡頭產生……於善心的人卻只會想，可能昨天是二級的，今天是一級的，或者產地不同，就報以微笑，改買別的菜。心地和善的人，從不輕易把別人的一言一語，想到是欺詐自己，因而積怨心中。

　　善心第二條是自己可以吃點虧，但不要別人吃虧。如果事事怕吃虧，這個人一定很燥火。最近櫻桃登場，紅紅的逗人愛。姊姊十元買了十二兩回家，妹妹十元買了十七兩回家。妹妹説：「你要跟他嘈！小販都騙秤！」一説自然是臉紅脖子粗，但她不曉得，從精神消耗上，她其實還是會少了。要知道，「寧人負我，我不負人。」正是善心的精粹。

Daddy

道歉的藝術

薇：

　　不知道媽咪有沒有告訴你當年一件事，當年你媽咪產下二弟後，脾氣一時變得暴躁，我心裏埋怨她，後來夫妻「冷戰」，不瞅不睬。有一天在報紙讀到一篇文章，説產婦有時會產後抑鬱，我閱後十分慚愧。有一晚，我輕拍着她，在她耳畔説了三聲「對不起」，我是由衷的抱歉啊。登時見你媽咪的淚像斷了線的珍珠，滾滾落下，原來她亦一直為自己情緒反常而內疚，很想向我説聲對不起，但她又覺我未曾體諒她，放在嘴巴的「對不起」還是收起了。現在我先説了，她倒有加倍的歉意。想來我慶幸能讀到報紙的文章對產婦心理有了認識，不然一直各懷己見，夫妻感情可能受挫傷。真的，抱歉也是一種藝術，我們在生活中難免有負於人，或不小心傷害了別人，懂得道歉的藝術，心鏡才能保持明淨。由衷裏的歉意，正是良心的如釋重負。為了 FACE，放不下架子，頑固不認錯，這個人才叫人哀歎。

Daddy

「啟蒙」三句話

薇：

　　友人告訴我，他對兒女的「啟蒙」，先教他們三句話。

　　哪三句話？一句是「唔該」，第二句是「多謝」，第三句是「對不起」。一而再，再而三，設法讓孩子明白這三句話的含義，並要說得清楚，咬音要準。於是，第二步是實習，什麼時候向人說「唔該」？什麼時候說「多謝」？什麼時候說「對不起」？他天天教，現在，他的孩子都能真心地應用。我真佩服他的見地與耐性。

　　真的，簡單三句短語，成人之中有人永不會說，或者難於啟齒。有一次到朋友家，一起看電視，電視賣某牌子蛋糕廣告，朋友便立即對小女兒說：「跟着唱啦！」於是，與電視機前的孩子一起唱：「莎莉唔該晒！」由衷地說這廣告一句「唔該」，或「多謝」，看似簡單，卻是一份時刻抱着對有助於己的人一份感恩之情。一個人生活在社會裏，沒有眾人有形、無形的幫助，連一天也活不了，沒有感恩，就必然無情無義。

Daddy

改善失眠

薇：

　　你有一個星期沒有睡過？這是可怕的經歷！孩提時代你以爛瞓聞名，哪怕外面雷電交加，你仍是爛瞓如故，所以媽咪叫你做「爛瞓豬」。怎麼現在忽然來到無眠的邊緣呢？

　　我提醒你，並不要因為晚上發呆而焦急，尤其不要用藥，安眠藥只給那些確實無法入睡的人吃的，但一個人一經依賴藥物入眠，就可能終生也離不開藥物！

　　其實，偶然失眠算得什麼？成人畢竟是煩惱的動物。一個人心無二用，自然睡得香香的，當生活有煩惱，積結於懷，就會睡不安穩。試試以下方法吧，① 與好朋友和男朋友談談最近寫字樓的煩惱吧，也談談你睡不好的事，讓友人為你紓解；② 找個按摩師為你按摩，或做指壓，這是不錯的物理治療；③ 到附近參加健康舞，跳 ONE MORE、TWO MORE 的玩吧；④ 喝一杯熱奶才睡；這星期媽咪和我來看看你，看你的牀的擺放和你睡覺的頭腳方向是否不妥吧。

Daddy

逍遙派

薇：

　　做人做個逍遙派，這是我的所長，得快活且快活，不要勞累了筋骨，不要讓創傷傷了心靈，肝火動時煲些涼湯喝喝，冷心冷意時又要找些事情磨礪精神。我漸漸參透，每個人一生的總工作量冥冥中有個恆數，譬如總值是 10，那麼 1 加 9 是 10，4 加 6 是 10，7 加 3 或 8 加 2 也是 10。這個意思是：是前勁頗足，往後嘛，或可能慢下來，若你人生的前級打「滋油波」，到中年你又會加緊拚搏。生命的路程呀，哪能老是繃得緊緊的？如果繃得過緊也會很快彈性疲乏，變鬆弛了，甚至一不小心，把弦線弄斷！這理論信不信由你。

　　我這番話，是提醒你，你進入新公司後，因為前頭得到四周獎賞，你衝刺得很勁，會有多少滑坡，你就心理準備不足，亂了陣腳。好了，好了，你一定又怪老竇嚕囌，此時也，希望你以爹地此話奉為圭臬，做人嘛，做個逍遙派。

Daddy

做時間的主人

薇：

　　當繁雜的工作到來，你要學會借助你的助手，學會分配時間啊。「支配」與「分配」。你懂得支配人與事，懂得分配時間，才可能踏上成功的門檻，成功的人，大都是氣定神閒者，他善於借助別人之力，分擔自己的工作，時間又安排得從容不迫。如果你主觀上認為人家不懂，人家做不好，人家會「攪喎你檔攤」，別人都是慢郎中，不慍不火，都是慢半拍……總之，只有自己親力親為，才覺保險。說穿了，就是不會用人，又自視過高。這是人類天生的「庸碌一族」，你居然是這一族的樣板？不會吧？

　　薇，學乖巧一點，把時間分配好，永遠做時間的主人！日常生活中有三個「魔怪」，捉弄我們，使我們被時間困縛。一是「惰性」，例如在電視機前無無聊聊看上幾小時，才知道時間已飛逝。二是「忙亂」，每一件都幹一點，卻每一件都沒有幹好。三是「等待」，老是等，時間在等候中溜走了。

Daddy

徜徉沙田

薇：

　　星期天與你媽咪到沙田逛逛，這是個近在咫尺的花園城市呢。我們到沙田站下車，轉乘往馬場的列車。星期日沒有跑馬，我們是貪享那份閒人少的寧靜，你知道麼，充滿郊野趣味的彭福公園在馬場側，我忽然返老還童，在公園裏盡情狂奔，青草地、玉翠湖、野鴿飛舞，水鴨滿池，還有人工噴泉勁射，彷似細雨飄飄，這樣幾乎可以變成綠野仙蹤的境界，我與你媽咪已溶入大自然中。

　　後來我們離開彭福公園，走不遠，到銀禧體育中心，裏邊的大堂寬闊，視界可見滿眼野趣，還有幾張沙發，任君憩息。我到室外跑步場漫步，卻不禁陷入沉思，香港這幾年真富裕，連帶市政建設也那麼高級，市民如果不加利用，納了的稅就白白納了，跟着沿城門河畔，我與你媽咪成為沿途最老的情侶。踱步於河邊，向那古趣的橋樑走去，往後又到沙田中央圖書館去。這一天的徜徉，使我們覺得人生擁有很多。

Daddy

學習中文

薇：

　　你的好朋友艾雲替二弟補習，轉瞬快半年了，每周日來兩小時，風雨不改，艾雲責任心重，我很喜歡她，昨天買了個二分一安士的楓葉金幣送給她，她不肯要，後來二弟與我一起懇求她收下，她終於「笑納」啦！但今天她買了一套普通話學唱的錄音帶送給二弟，她說是投桃報李，我們也只得收下。

　　後來艾雲講了兒童學習母語的重要性，她說她是番書女，更是個中不通、西不通的「尷尬華人」，後來努力的修好中文，才發覺知識天地之闊，她對二弟說：地球上有五分之一的人，是在運用中文，她曾在澳州住過三年，發現外國人對這種象形文字和東方文化，十分尊崇，有的洋人苦心地要學習中文，一旦學懂了，都叫周圍的人佩服和驚訝。我們有幸從母親那兒學到母語——中文，為什麼我們反而不重視中文，甚至輕易把它掉棄？黃皮膚的即使比洋人更洋人，在他們眼裏無非是鸚鵡學舌吧。

　　　　　　　　　　　　　　　Daddy

根在香港

薇：

爹地這一代，童年時經過日本仔鐵蹄踐踏、家國的離亂，就哀歎地說：「願為太平狗，不做亂世人。」今天好端端一個香港，前景也是明朗的，為什麼又倉皇去做亂世人，離鄉別井，拋下家園，到完全陌生的異地呢？你問爹地是「留」派，還是「溜」派，問得好啊！乖女兒，我三個月大就被你祖母裹着襁褓來到香港，正是生於斯兮長於斯，我的根在香港，「留派」是沒有疑問的。我的愛女要溜我也沒有辦法，但是，還是希望溜出去看看別人的碼頭之後，還是回到香港的家園，為建設新香港貢獻一分力量。事物是向前發展的，我相信即使有波折（一個大轉變哪能沒有波折？看見波折才不用驚奇呢！）也總是一天比一天好。

你呢？你的看法怎樣？大弟和二弟是打算爭取在香港入讀大專，根還是在香港，而你恐怕是男朋友影響你最大了。

Daddy

愛哭的毛病

薇：

　　告訴你一個好玩的實驗，是張太給我為她解決一個愛哭兒郎的實驗呢，琪琪這孩子五歲半，一直放在外婆家看管，最近張太把這孩子接回家去，卻就為一件事十分煩惱。原來這孩子有一個毛病，就是愛哭，哭起來聲嘶力竭，最初以為身體有毛病，帶他看兒科醫生，又做全身檢查，卻是一切正常。

　　張太交琪琪給我，我和他談談天，發覺病源是過去外婆對他管教有時失之於太嚴格，有時太放任。而琪琪也掌握了一種「犀利武器」，要外婆就範，就是「痛哭流涕」，每當外婆不順他心意，他就拚命痛哭，哭得死去活來，最後婆婆也得舉手投降。

　　我說：「琪琪，你既然有哭的天才，我約三幾個小朋友來，你表演哭的技巧吧，好不好！」他竟點頭了。我找來鄰居幾個孩子，把琪琪圍在中央，他開始表演哭了。果然，淚水說來就來，但小朋友不了解，都搖頭，說：「喂，哭什麼，好醜怪呀！」他覺得沒趣，反而止哭而笑了。

　　　　　　　　　　　　　　　　　　　Daddy

原諒與體諒

薇：

　　高興地知道你最近卸下了公司一些煩惱了。卸下煩惱的方法，原來十分簡單，就是了解到「原諒」與「體諒」之不同。說來多謝電視播出訪問張學良的特輯，他一語「原諒不同體諒」給你極大的啟發。

　　同事間有了磨擦，一方用原諒的態度，卻常常還不能使雙方和好。問題的焦點——「原諒」就是「一方對了，一方錯了」，對的一方寬宏大量，原諒了錯的一方。但「錯」與「對」實在是一個死結，不同的境遇、觀點、立場，錯與對都可以易位，誰錯誰對就容易糾纏不清。但如果改變為「體諒」，問題就沒有放到兩根針尖間了，沒有針鋒相對，反而是想到「易地而處」；我如果在你的位置上，我是否也會這樣做呢？這一點就是「體諒」的精粹，體會別人的處境，因而從心中諒解別人，這樣態度與「原諒」就大不相同了。同事之間的磨擦，往往需要體諒。

Daddy

男友的新攻勢

薇：

　　你的男朋友看來已有了新的「攻勢」，是嗎？昨天收到有人送來一個大水果籃，裏邊有奇異果、櫻桃、呂宋芒等等名貴果品，所費不菲呢！一張精美的咭寫着「送給尊敬的伯伯和伯母，祝節日快樂。」下款就是你的男朋友 D。

　　元旦過了，春節又未到，這「節日快樂」也真尷尬，為什麼突然有了「伯母政策」？後來 D 還來電話，問你媽咪喜歡看最近開鑼的一套大戲否，想買兩張給我們去欣賞。他又説已經離開了舊日的律師行，現在閉門讀書，要考一個英國律師公會的試，所以少來拜候。唔，乖女，這是什麼葫蘆賣什麼藥？為什麼最近他那麼重視與我們聯繫呢？我想大概你們的感情到了一個新階段吧？或者，他覺悟到拍拖不能只顧二人世界，還要關心到二人以外的親友的觀感？

　　説實在的，我與媽咪都很高興，向我透露一點你的感情世界吧。

Daddy

上一課「感情教育」

薇：

　　星期天陪二弟度過黃昏，發現他是個感情豐富的人兒。魚缸一條熱帶魚翻了肚，他發現了，說：「還未死，我見牠還動，能不能放點保濟丸進水裏，看看能不能把牠救活？」我笑說他未免太天真，他卻認真地說：「有一次我見貓兒嘔吐，我塞牠吃幾粒保濟丸，牠後來就病好了。」我就只好讓他試試。藥丸放到水裏，未能藥到病除，魚兒還是翻大肚一動也不動了。我說：「魚不像人，魚的壽命短，何況魚缸又不是天然的環境，有很多我們不知道的因素使魚得病而死的，不過，我相信牠是快樂地過了一生的呢！」二弟睜着大眼睛看我說：「爹地，你怎麼知道魚快樂？」這一問把我嚇了一跳，這是古代哲人曾發出的疑問呀！「子非魚，焉知魚之樂？」現在竟出之於二弟的口，我真不會回答呢。後來二弟到露台摘了片茉莉花葉，用葉子包捲起那一尾已呈蒼白的小紅劍魚，埋在花盆泥土下。

Daddy

204

薇：

　　昨天説到二弟的孩子氣，為翻肚的熱帶魚舉行葬禮，我在一旁，卻也上了「感情教育」的一課。我們在擠逼的社會人羣中，感情會漸漸變得蒼白，不要説一條魚、一株花草了，就是一個人，他受了創傷，他心靈創痛，或者他得了重病，我們知道之後，可能只想到：幸好沒有發生在我身上，就這樣輕輕讓事情過去。感情蒼白的具體表現就是周遭的人與事與自己痛癢無關，事不關己，高高掛起。今回，二弟想替魚兒治病，又想到魚兒一生有沒有過快活的日子，後來竟以花葉為牠作棺，讓魚兒安息於茉莉花下，這些看似孩子氣，卻是難得的感情細膩的展露，這看來是天生的。怕只怕當人漸漸長大了，世俗的塵埃摻來，會漸漸失去了這份豐富的感情，變成麻木、感情蒼白。

　　薇，你也是個感情豐富的人，珍惜這天賦，並不時為自己的感情注入些營養素才好。

Daddy

家人的愛

薇：

　　最近與你媽咪談起你童年的趣事，很奇怪，有的話題已經說了很多遍，但當我們偶然翻起來再說，同樣覺得新鮮、快樂。

　　父母愛兒女，是為什麼呢？朋友喜歡你是因為你智慧或助人的性格；情人迷戀你是因為你漂亮；上司喜歡你是因為能幹；但家庭愛你卻沒有原因，只因為你生活在這家庭，並且有血、肉之緣。一位詩人說：

　　那靜靜的港灣，你遠去時它想念着你，你何時遇到風浪，它盼着你歸航……

　　兒女漸漸長大了，我和你媽咪有一天也只能做靜靜的港灣，以回想兒女童年趣事為樂，可知道他們平平安安、快快樂樂，在五湖四海遨遊，或者，在另一邊建立一個自己的港灣。薇，趁你還在爹地身旁，多體會家庭對你的愛吧。

Daddy

青年人是夢想者

薇：

是的，我同意你的見解，青年人都容易是夢想者，他們沒有養妻活兒的責任；他們對友誼，對愛情都是浪漫多一點，實際少了一點；他們容易抗拒長者的忠告，對穩步人生的話聽不進耳；他們對社會產生了高超的見解，都常常並不實際。他們容易患得患失，急於勇進卻不善於在必要時勇退——所謂「唔衰得！」

你是年輕人，你可也有這些缺點麼？其實也並非人人如此，而且，這些缺點，從另一角度看，也包含優點的成分，他們因而少了顧慮，少了保守思想，他們勇於改變一些不合理的事情，他們生活愉快，浪漫情懷使人生多彩多姿，因此，只要避免了這些方面的不良部分，這些還可能是優點呢！青年人沒有夢想，就變成個「小老頭」了。是嗎？

Daddy

身體語言

薇：

　　思想常常是活在人身體上的本能與習慣，你有焦灼感，手指會彈來彈去，你是熟練的籃球手，對方帶球在你的跟前，你望他的動靜思索着他的去勢，因而做出比他更敏捷的截擊。

　　有人問一位雕刻家：「你為什麼把這個塑像的手臂雕塑得如此粗大？」藝術家回答說：「啊！這是身體的思索，當時那模特兒站在台前，後來他偶一擺動，我感到一種強而有力的感覺，我就捕捉住這思索把他的手臂雕粗一些，只有這一點誇張，才能表現當時的身體思索感受啊！」你看，要取得身體思索，有時是不容易的，也不容易被沒有親見其景的人所接受，但藝術就是倔強地要去表現。

　　女兒，我們習慣了憑語言文字的媒介去思索，大大忽略了身體語言的思索呢！

Daddy

薇：

你問得好，我們是用語言文字來思索，還是用身體語言來思索呢？

現在流行説「身體語言」，是英語 BODY LANGUAGE 直譯過來，若譯做體態語言可能較好，現在人們都留意「身體語言」啦，他急切對着你向前傾，你知道他歡迎你；一個孩子看見你即躲到柱後，你知他的身體語言是你有使他害怕之處；地盤工人常常在嘈吵環境中靠彼此的身體語言取得默契；魔術師更是靠身體語言來完成溝通。人與人之間，都常常以身體語言來表達，越是相好或相熟的朋友，越少用語言文字，身體一個動作、一個手勢擺動、一個眼神、甚至眉毛一個眨動，都能表示一個意思，引起對方的意會和思索，從而有了「盡在不言中」的默契，用身體語言來思索，原來是我們常用的思索方法！你可有留意到？女兒家比較起來是更能運用身體語言呢！

Daddy

薇：

　　記得那天在電車上層看見你在街上，你也仰頭看見我，父女只能對笑，你忽然指指臉龐，把臉輕輕一側。

　　真是盡在不言中，這是我們家庭獨有的身體語言呢！記得你一歲左右，已經懂得疼爹地，我每次側起臉龐，用指頭點點「面朱」，你就會嘟起嘴來錫我，使我心都甜晒，以後，竟成為我們的「特種語言」，臨出門前側起臉點點面頰，就表示「疼愛」、「請關懷我」、「我們相親相愛」的意思，那份溫馨，外人不易領略。到今天，媽咪也會老來嬌，點點臉龐，我有時扮大色狼，向她飛擒大咬，都會相擁而笑。

　　相信每個家庭，都有他們間帶有默契性的身體語言。這種語言常常帶來家庭的凝聚力。有時一對愛侶之間，也有他們互通的身體語言，一個體態，就能包藏不少內心語言，你不妨研究。

　　　　　　　　　　　　　　　　Daddy

薇：

身體語言還會流露一個人的個性品味呢！它能在一些善於「觀人於微」的智者前，洩露天機，把內心秘密自我揭露。有些人說話口不對心時，會很容易把話再說一遍，或者把頭輕輕向上揚一揚，這下意識常常連他也不知道，心理上是：他怕人不相信，急於強調一下，或故意表示自信以掩藏心虛。

內心猥瑣的人當然有的會扮成謙謙君子，但可惜身體語言亦常有流露，特別那些急色的，思想滿載色情的人，最容易現於身體語言中。而一些人與之相處，會產生「如沐春風」之感，有的人和藹可親，有的人有大家姐風範，有的人小鳥依人；亦有的人心冷外熱，有的人睍目看人，藏歪主意，有的人裝個誠意，一肚虛偽……都無法不在身體語言之中滲出。

Daddy

211

關懷別人

薇：

　　你說閱讀了我最近的短箋，忽然很注意身旁的人，這是可喜的，我們生活在人羣中，而人是最豐富的個體，最奇妙的個體，地球的多彩多姿，都是些個體分開或結合而創造的，一個人生存社會中，不注意旁人，無異浸在海中找不到水滴。但不少人是這樣的，他眼中只有自己，或最親密的那幾個，他很孤寂，因為旁人不入他眼，他又很自私，因為他只知利己，不知利人。當我們熱切地注意身旁的人，進而關懷別人，願意一睹別人的內心世界時，你就感到人生如此豐富，在人羣中找到真正的喜樂。

　　然而我一再提醒你，注意旁人，觀察別人，思索別人的身體語言，不是為了評頭品足，而是為了關懷，為了愛；一個人「八卦」（一句妙俗語），「八卦」就是抱着前者，丟了後者，只喜歡「評評彈彈」，拿別人的缺點、弱點做笑料，窺探別人的隱私去到處唱為樂，八卦不足取啊！

Daddy

觀人於微

薇：

　　「觀人於微」，其實是我們常用的方法，就是體察一個人，從他的細微表現中領悟。這可不是叫我們不看一個人的整體表現和以往的軌跡，因為有的人確乎微細處似無足觀，卻是個赤誠的人，古人說：仗義每多屠狗輩。粗豪或不修邊幅，每有仁義之士，赤子之心。何況金無足赤，人亦難找完美的。「觀人」不是論人的是非，衡人的長短，這點至為重要。「觀人」可以理解為「讀人如讀書」，體味一個人的喜樂、滄桑，不是像讀一本活書麼？小時候我有一個水手鄰居，他每當放船回港，我就如蟻黏蜜糖，看他帶回來外地碼頭的小玩意，聽他講他的故事與海外奇譚，我竟像「讀」一本奇書一樣去「閱讀」他。每人有每人的眼界、心思、閱歷，我說「觀人」，應說就如「閱書」，一起探索吧，人生就是不斷的追索、追索，你同意麼？記着，觀人，不是評人是非長短啊！

Daddy

關於「八卦」

薇：

　　「八卦」這都市慣用詞，其意是指一種行為，對身旁的人，或社會名人、娛樂圈活動的人，獨關注他們的心靈創傷部分、感情起落的段落，而關注時抱着較多幸災樂禍的心理，並為求滿足自己「窺秘」的心理弱點，有的更為滿足可以去閒言閒語的「趣味」。這卻真是地地道道的香港貨，很多雜誌都為社會這種需要而出版，統稱為八卦雜誌，遠銷北美、歐洲各華埠，這種香港特產頗受歡迎呢！

　　偶一八卦，當然無傷大雅，生活在都市裏，一點點八卦難免。但把注意點只放在別人創傷的部分，卻又不是想援手，而是冷眼旁觀或幸災樂禍，這心態倒是可怕的。以前上海一位天才橫溢的演員自殺，遺書中一字一淚，大意「人言可畏」，「八卦」正是不少封建殘餘思想之源，使當事人深受壓力。

Daddy

健康人生

薇：

　　做個健康的女人。健康當然第一指身體健康；但心理健康亦何其重要。

　　健康的情緒，愉快是寶。自信、自謙，美化人生，美化生活，美化愛情，美化友誼，都是快樂之源。而自傲或自卑，多疑多慮，醜化別人，生活庸碌，愛情潑進臭水溝，友誼滲入虛假流，都會遠離喜樂，自尋煩惱。

　　一年伊始，正是總結自己身心健康增長多少的時刻，是努力拓大健康人生的起步。薇，在這春光明媚的時刻，願你從飲食、運動、生活規律增強體魄，又從善心、愛心、審美、修養方面去鞏固個人情緒，使羊年裏身體、心理都煥發青春，做個健康的女人！

Daddy

遊動植物公園

薇：

　　春花秋月，選擇最適合的季節，欣賞最美的自然景物吧。最近我去遊動植物公園，久違了的公園，發覺花朵競放，開得燦爛。噴水池也噴出各種水花，與鮮花爭豔。噴水池四周加建了散步花徑，而椅子錯落有致，外圍的鳥籠增加了，動物園也十分熱鬧。

　　趁春節前後去逛逛動植物園吧，你一定有收穫。最近翻看舊照片，有一張我推着嬰兒車，在當年的植物公園噴水池邊拍的，當年的噴水池細得多了，連景物也變了，當年的幾株杉木現在不見，只有港督府的背景仍依稀可辨，照片裏的嬰兒，如今已經亭亭玉立，且思想成熟，與幼稚時期比較，你也許會有不少感想。

　　待你回家吃飯那天，我把這些照片給你看看吧。

Daddy

春節來臨

薇：

又快過年了，羊兒站在門口等着呢。原來明年生肖屬羊。「羊」古時與「祥」相同，那麼，這應是吉祥之年。「美」、「善」兩字以羊為首肯，那麼，這又是美善之年啊！

雖然波斯灣的硝煙氣味似乎香港可以聞到，但是，卻可相信，這場仗不越羊年。吉祥、美善將使戰爭化解！

羊是純良的化身，卻也成為可欺的代號。這樣，又使我要提醒你，你可以是純良的化身，但卻要警惕看見和看不見的豺狼。記得我青年時曾與友人組織了一個「羊社」，並推舉一位長於設計的友人設計會徽。他的設計圖交來了，我們都擊節讚賞，他畫一隻綿羊，前肢頂起一對牛角。這畫意是：別看我們是羊，但我們有鬥志，不畏橫逆。

我們這家族都有純善平和的傳統，羊年是我們的年。

Daddy

薇：

　　我們準備充分呢！弟弟陪媽咪去辦年貨，還順道為他們買了些玩具、課外書和電子軟件，使他們假期過得充實。又到銀行換了十元、二十元的鈔票一疊，弟弟更孜孜地準備利是封。我們還特意設計了一些中式糖果盒，美味而不雜亂，瓜子不備了，改為開心果和核桃糖，又為成人準備了些人參糖，朱古力不備了，對孩子胃口沒有好處，但我們買了個榨汁機，準備榨些果汁來宴客。新春容易變成「牛雜肚」，因此賀年全盒方面，也不妨講究一下呢。

　　我為你兩個弟弟做了個閱讀獎勵計劃，希望他們利用假期，讀些課外書，他們已接受這個計劃，並有信心取得獎金！

Daddy

薇：

　　你打算年初三、初四帶大弟、二弟到元朗住兩天，那好極了，錦繡花園是幽雅的度假好地方，既然艾雲有朋友願供出一間複式的房子給你們度假，就不要錯過這機會！

　　你們三姊弟似乎少接近了，兩個弟弟常懷念和你到歐洲玩的情景。這又是一次好機會，讓你們敍敍手足之情。

　　兄弟姊妹感情和睦，相親相愛，是一種品德的修練，如果手足情深，一生相繫，這些人都有福了。現在不少家庭，欠缺和睦氣氛，兄弟姊妹間感情破裂的不少，原因大都是因為彼此不懂遷就，做長的沒有風範，做細的只想到利益，而父母未能注意幫助子女相親相愛，好好的兄弟姊妹相互疏離是十分可惜的，幸而大弟、二弟有個好姊姊，你愛他們、疼他們。我和你媽咪都高興。

Daddy

薇：

　　星期天你回家，把家裏的客聽布置得一派新春氣氛，審美眼光一年比一年進步了。懸一個小宮燈，貼一個大「福」字，找出朋友送我的書法，裱好掛在恰好的位置，花瓶已春滿枝，水仙盛開，春光映眼。

　　這種布置，年年如此，卻可以年年有不同的心理感受，我們始終是東方民族，農曆年給我們萬象更新的喜悅。現在有的年輕女性，雖然摩登入時，但每年春節，仍然學習傳統，做一襲有民族特色的新衣，學習說些吉利的說話，也去逛年宵、拜年，而能夠着意把家庭布置得中國色彩，卻是少數人懂得的高明呢！

　　農曆過年，好一個民族節日呀，乖女，願你重溫炎黃子孫過去、展望未來的光彩，昂起「我是一個中國人」的傲骨。

Daddy

小年夜

薇：

　　小年夜那天晚上，竟是我家的重要日子了，你帶了 D 同來，與我們一家同度小年夜。你媽咪的烹調技巧，都耍盡了，看她一忽兒在廚房忙這忙那，一忽兒又到廳裏來與 D 言笑歡暢，媽咪似乎是最開心的一個。

　　從細微處看，這青年內心純良，而頗有內涵，因而表現有儒雅的舉止，從這點看，爹地也給個高分，比較之下，你個性比他強，那天你有個情緒化的表現，你可有留意？當時二弟搬出電腦軟件，想 D 教他，但 D 大概對電腦研究不多，一時表現手足無措，你就奚落他說：「你怎麼是個科學家？學法律也離不開電腦呀！」使 D 為之尷尬，其實這時候你應為 D 解圍，而不是火上加油，使他難堪，何況，你要求對方九九九足金，學問要全才，也是不合理的，我擔心的倒是你個性過強，D 會受不了。

　　　　　　　　　　　　　　　　　　Daddy

親近植物

薇：

　　最近對園藝有點興趣，利用露台，對這些有生命的綠色植物愛護有加，就是一種無窮趣味，若有時候回來，跟爹地一起親親泥土，觀看花姿？

　　親近植物的人有福了，它是人類的最好朋友，只要我們愛護它，細心料理它，它都會有美姿美態回報，你寂寞時，它似乎對你展微笑，你快樂時，它又像與你分享歡樂。

　　你記得去年從花卉展覽會買了兩盆仙人掌回來嗎？其中一盆頂上開花呢，一年來爹地細心照顧，這兩盆仙人掌仍舊很可愛，那些刺叢，又像你有時倔強的樣子呢。

　　告訴你一個好消息，今年的花卉展覽又快舉行了，地點在沙田新城市廣場外的園地，花卉展已經成為香港每年春節後的盛事，過去你幾乎每年必去，今年可能「拍拖」同往吧？看看有什麼好花，又買一兩盆回來吧。

Daddy

情侶間的遷就

薇：

　　男女沐浴愛河，通常男的會多遷就女的，這時候，其實女方反而要小心。

　　第一小心這種「遷就」是他不願意的，但為了不致失去對方，就壓抑着自己，努力使對方滿意，這種遷就其實是製造假象，是有意無意的欺騙，等到戀愛成熟，這種遷就消失，對方才突然驚覺他的個性、喜好等，跟戀愛早期完全不同，但感情已經付出，常常只好採取「算了吧」的態度，卻因而埋藏了感情破裂的計時炸彈。

　　第二小心這種「遷就」，使女方得寸進尺。女孩子以為他越遷就自己，表示越愛自己，因而變成任性有加。當一對情侶男方説：「我欣賞你，連你的缺點我也欣賞。」這句話其實是感情佔了 100%，是經不起時間考驗的，缺點就是缺點，今天欣賞並不表示明天也欣賞，女方因而自我陶醉，他日必自吃苦果。

Daddy

薇：

　　情侶間女方把男孩子的「遷就」當成是愛情試金石，是十分愚蠢的，因為這往往不是試金石，而是為自己結了個謊話的繭。

　　最恰當的態度是有機會讓彼此「真我」流露，而「遷就」出於愛護與關懷，也不應該是單軌的，有時女孩子也可以遷就對方，例如在選擇看哪一齣電影、下一個周末的度假去處，應該可以討論，讓彼此開心。不要單方面「遷就」，應該是彼此尊重。

　　當一方個性較烈、主觀較強時，尤其應該注意克制自己，尊重對方，常常考慮到使對方好過些，千萬不能以奚落對方為樂。當情侶出外時，發生任何事情，都要共同進退，舉個例子，在餐室遇到個不禮貌的侍應時，情侶的一方如是一個愛理不理，兩人沒有採取同一態度，甚至有意説你的伴侶態度首先不好，自取其辱等。這時候維護對方，至為重要。

Daddy

真正幸福的女人

薇：

你是幾本婦女雜誌的忠實讀者吧？看你每次來看我，都挾着一兩本這類雜誌。

美國有一位女士，名叫貝蒂・弗里丹，她寫了一本哄動美國的著作，名為《女性的困惑》。她向美國女性提出：女人的身分危機的問題，認為現在的婦女雜誌和報紙的婦女版，一直在作錯誤的引導，讓她們以為天生是只適合到商店購物，為家裏的沙發、牀鋪、窗簾選布料，照顧孩子的營養，小心討丈夫歡喜和對自己青春期的身體變異十分關注……久而久之，女人的身分是什麼？或被圈在努力做個從屬於男人的好主婦上。婦女雜誌和報紙的婦女版，確實潛移默化、鍥而不捨地這樣做。去塑造如此的「新女性」？婦女雜誌定型為軟性的刊物，這裏沒有求學、事業、政治權力、男女平等、社會介入、學術成就等的一篇半篇文章，彷彿這些都是男性的專利，你有興趣知道這位貝蒂女士如何以筆鋒驚醒姐妹麼？

Daddy

薇：

　　貝蒂女士說：什麼叫幸福的女人？如果她也像男性一樣，有工作上的自豪，有冒險與進取精神，有自己的專業技能和這種技能帶來的氣質與性格，她與丈夫之間是互相欣賞、彼此崇拜，這就是當代真正幸福的女人。而不是只會把丈夫的家居生活搞得滿意，把兒女送進了名校，自己有時間做美容、做健身操的女人。

　　薇，你同意貝蒂的見解嗎？貝蒂說什麼是女人的幸福的概念，已經被婦女雜誌攪得人人模糊了，要改變這現象談何容易，因為，首先要改變產生滿足與暢銷現狀的婦女雜誌的編輯方針，又要面對那些報紙婦女版的「跟風」的趨向，她鼓勵起碼應舉辦一些徵文，項目例如是：我怎樣做好女經理（或換任何一種職業、崗位）又同時烹調好小菜，我丈夫拜倒我的石榴裙下是因為我的進取精神；我與兒女討論男女平等⋯⋯這樣的專文太需要了。

Daddy

薇：

　　真的有所謂「女性之謎」呢，上函我提到的那位貝蒂女士，她說：「姐妹們的悲劇在於，從來沒有人把我們放在眼裏，告訴我們必須作出決定，除了當丈夫的妻子和孩子的母親以外，在自己的生活中還應幹點什麼，我自己在大學畢業那年邂逅到一個心儀的男友，因為男友一句話，我放棄了再進取碩士、博士，當研究生的理想，現在，生活幾乎都由丈夫、兒女所主宰，但當丈夫為他的工作忙碌，孩子長大有他們的天地，我就完全陷入孤獨中，跟一些太太們哇啦、哇啦過日子之外，我完全失去了女人的身分……」

　　薇，當你現在正敲着幸福之門，準備着建立家庭的時候，我寫了這三封短箋給你，你一定會明白爹地的用意，過去有一句頗文藝味道的話，形容結婚、生子是「美麗的歸宿」，那是美麗的人生歷程，卻萬萬不是「歸宿」，「歸宿」意味着的是終歸目標，你不會同意吧？

Daddy

女性的氣質

薇：

　　現在的婦女雜誌內容都很講究女人要有「女人味」，也就是女性的氣質。本來因為男、女生理構造不同，在青春期開始，女性會漸漸顯示她們的特質。但是，這類文章的撰稿人，其實都趨向於強調「女人味」是吸引男士們的媚力。本來，中國傳統女性已經有一個模式要遵從——溫柔體貼、善解人意、賢良淑德、自我犧牲、持幼扶老……到了今天，女性又有另一個模式要自覺去做——要注意三圍，要眼含柔美波光，要有點嗲氣，要秀外慧中（意即把聰明才智在男性前內斂，而美態要盡量發揮），要……於是舊的新的一齊來，要有「女人味」可真不容易。確有的人受不了這宣傳，於是反叛地提出要爭取「自我」、「我行我素」、「本小姐就是這樣的」……於是以自我為中心，又跑到一個極端去。

　　今天，怎樣發揮自己的女性氣質呢？你說吧。

Daddy

薇：

　　提起女性的氣質，社會上其實已經為女性壓鑄了一個氣質的「模」。看電視上每年大大小小、不計其數的選美活動，就是一而再地兜售這種模式。於是，在屏幕上看見每次選出的「公認」的美女，氣質、認識、心態的差異已幾乎等於零，女性的個性公開地被壓抑了。漸漸，她們的身體不再是她們的，而是為受到某些人的讚美而準備的。說得極端一點，乳房是發展給男人撫摸的、為嬰兒吸吮的、為醫生檢查用的，胴體漸漸變成比意識重要，取悅於人變成比發展個性重要。當男伴比較遷就女孩子時，女孩子已經忘記男女平等這回事，她以為「這還不夠平等，甚至我比他們優厚了。」真誠地與男性講求男女平等，經濟上的平等、社會待遇上的平等之外，其實重要的一點還有發展彼此個性的平等，不受男性輕薄（現在電視選美是公開以語言輕薄女性，竟習以為常呢）。

Daddy

男女平等

薇：

　　戀愛、結婚前要上的一課，是真誠地追求男女平等，並且，請求你的伴侶認同，那麼，美滿的婚姻容易得着。認識男女平等不是機械的，經濟各自獨立、家務彼此分擔、你做什麼我亦做什麼……這都是機械地看待男女平等，看來怎樣才算男女平等，中間還要大家慢慢去認識，甚至在婚前作演習。

　　關鍵在於建立一種自我了解（要有自知之明哪！）和相互了解的關係。這裏，最重要的是時間、信任、真誠和安慰。善意的情感需要時間來建立，一種開放性與親和性的雙方結合，要時間醞釀空氣，所以戀愛不要急。這裏決沒有誰控制誰的野心（顯露或潛藏），彼此的個性如果不是有排他性的，都受到對方尊重。愛情要友誼的浸潤，你和朋友是怎樣相處的，你的伴侶也該怎樣相處。雙方生活思想的透明度要大些，但私隱權卻完全獲得彼此尊重。例如私拆寫着對方收件的信，是不應該的，等等。

Daddy

幻想遊戲

薇：

　　最近一個星期日，閒着無聊，和你的兩個弟弟在家玩遊戲，我拿出一張白紙，當中先摺了一條摺痕，然後打開紙張，在當中滴了一滴墨水，接着，依着摺痕又把紙摺起來，墨水就在紙內把紙張的摺痕兩邊印得花斑斑的，但因摺起來，所以當再打開紙張，就看見這些墨水成為左右對稱的奇怪圖案。

　　於是，我們三個人玩一個遊戲，把自己從奇怪圖案中看見些什麼，一一寫下來，十五分鐘後，看看各人從圖畫中看見些什麼。

　　奇怪得很，我們三個人，兩個弟弟的幻想極相似，而我的卻大不相同。他們都說看見兩個兵士，拿着長槍向天空開火，地上是一個大池塘，有隻青蛙浮出水面。當然兩兄弟也略有不同的，一個還看見荷花，另一個卻看見一堆狗屎……但我卻看見兩個新郎，捧着高帽，兩個新娘在開香檳，酒直噴天空，而背後婚紗拖地，花仔花女頑皮地踏着那長婚紗……真奇怪呀！

Daddy

薇：

你告訴我，你也喜歡玩一些幻想遊戲。看見天上浮雲，會想像它是什麼怪物，看見牆上一些龜裂紋，也會幻想是什麼樣的圖畫；有時閉上眼睛，會看見些紅暈，「定睛」地看幾下（是閉着眼假想定睛看），又覺紅暈在幻化，成為各種畫面……

你們三姊弟有相似的氣質，靜着時會幻想，做事常有神來之筆，覺得靈感多多，但是又容易不切實際，沒有「坐言起行」的動力與決心，變成所謂「有姿勢冇實際」。這情形你改變多了，也許社會的磨煉使你漸漸知道行動的重要。有各種靈感，有各種創意，卻必須付諸實踐，才能知道自己的「料」行不行，失敗亦無所謂，經驗積累其中。

兩個弟弟卻似乎仍耽於「幻想派」中，最近他倆都迷電腦，卻不是電腦程序上的學習，而是遊戲機的花樣變化。我力促他去學習電腦入門，他們亦有好聽的口頭計劃，但遲遲未見行動。

Daddy

又談氣質

薇：

　　我屢屢和你說到「氣質」，你說很想清清楚楚知道「氣質」的含義。

　　人和顏色比擬，顏色有冷色暖色，鮮紅色給我們熱的感覺，藍色給我們冷的感覺，人亦如此，給我們有不同的色彩、風格的感覺，這種表現，幾乎是與生俱來，它不同於性格，還有後天的因素影響，如所處的環境，所受的教育及他個人成長的人生閱歷。

　　中國《周易》又用陰陽五行來闡釋人的「色彩」表現，分為太陽、少陽、太陰、少陰、陰陽平衡五種。「陽」是指性情活躍、興奮，「陰」是指冷靜、抑制，這種「陽」與「陰」在體內比例不同，就產生種種不同的氣質。一般形容男性「陽剛」，而女性「陰柔」。

　　但「氣質」這完整概念，卻是古代希臘和羅馬兩位醫生首先提出來的，一位是希臘的希波克拉底，另一位是羅馬的蓋倫。他們認為人體內有各種液汁，先天影響一個人的「色彩」呢！

　　　　　　　　　　　　　　　　Daddy

薇：

　　真是信不信由你，兩位古代的醫生都言之鑿鑿，他們說：人體內有血液、黃膽汁、黏液和黑膽汁四種液體，每個人體內的液體的比例不同，就會做成人的不同氣質。血液佔比例大的人，屬「多血質」，其表現為活潑好動、善於交際、反應迅速、精力旺盛；黏液佔比例大的人，屬「黏液質」，其表現為文靜、穩重、沉默寡言，情緒穩定；黃膽汁佔比例大的人呢，屬「膽汁質」，其表現為直率、熱情、容易衝動和精力旺盛；黑膽汁佔比例大的人屬「抑鬱質」，其表現為孤僻、好靜、多愁善感和行動遲緩，這種由人體四種體液來決定人的「色彩」，似乎離奇古怪，但到今天，還給我們有益的啟發。現在，心理學家還是用這四種分類法，去大致劃分人的心理表現呢！

　　薇，你不妨試用這四種「質」，去衡量自己屬哪種氣質吧。你是活潑好動的多血質還是安靜又沉默寡言的黏液質呢？或有介乎這種氣質和那種氣質之間呢？

Daddy

薇：

　　對於人的氣質研究，現代心理學家做了不少工夫了。但是，你的氣質特點，我得要從頭說，童年的你是典型的「抑鬱質」，孤僻而好靜，但自從回到父母身旁，活潑的一面又顯露了，那說是「多血質」類型吧，但看你工作表現聰明沉着，而且極少鬧情緒，又似「黏液質」啦。據說還有一種叫「神經質」，這類型，有創造慾，是天生美術或音樂天才，這樣說來，你也有點「神經質」這正好說明，典型的氣質是幾乎沒有的。一般是幾種氣質的縱橫組合，有所謂二重性格、多重性格，只是哪一種表現較強而已，而且，氣質亦有可塑性，而不是終其一生如此。

　　但有沒有女性氣質呢？讀文學著作，很容易分辨出女性的作品，女作家會比男作家寫得更細膩，在感情刻畫上更入微，文筆會比較秀雅，讀瓊瑤、三毛甚或冰心的作品，就會有此體會，這說明確有女性氣質這回事。其實，男女氣質都有極多共通處，有同有異，才是社會人生。

Daddy

薇：

和你説了幾天「氣質」，你十分有興趣。要知道氣質揉和在性格中才有新意。

性格是一個人的總體現，是氣質、情緒、人性、修養、身心健康與意志品質的總和。性格會受外界影響，又可以自我鍛煉。

例如經得失敗，一個人若屢屢失敗或處於逆境，會造成一副意念消沉，生活樂趣淡薄的性格，但有的人卻百折不撓，有與困難一再較量的勇氣，因而造成一副硬骨頭的堅強性格。

盲目地處世，苦情地生活，庸庸碌碌，事事「跟風」，這是一種常見的本地性格。有魄力、有膽識、積極地工作、有研究精神，這又是一種在香港常見的性格。

而自私、小心眼、事事斤斤計較，這種性格的人不在少數。心懷公義，與人為善，胸襟廣闊，卻是難得鍛煉成功的優良性格。

薇，別強調自己的氣質，自己氣質是先天的，亦無所謂好、壞。但性格卻有好壞，一些戲劇裏，就反映一些人可憐地得着一副悲劇性格！

Daddy

性格的陶冶

薇：

　　你説得對，我們的家庭，一直有一種陶冶兒女性格的無形力量。自問我這個老竇比較開放，過去習慣稱讚所謂「庭訓森嚴」，本來這是好的，很多以前治學有成的名家，説起來都是因為有個「嚴父」，可惜我嚴不起來，而且，這也不合潮流啦。但我和你媽咪都重視環境的創設，古有「孟母三遷」的故事，都是為了孩子創設好環境。你還記得你的第一個書櫃嗎？是爹地用四個蘋果木箱「鬥」成的，外邊鋪了一張蘋果綠的軟布，上邊放一盆文竹，就果然有點「書香」的韻調，我從不吝嗇給你添購圖書，那時候日本公司運來一些七彩的圖譜，有植物圖譜啦、動物圖譜啦、海產圖譜啦等等，我發薪後每月為你添一本，拿回家與你一同欣賞，這情景你不會忘記吧？書本、公園、海灘一直是我們家庭樂的地方，這是最簡易的環境創設，但因為有父母同樂，就顯得並不簡易了。

Daddy

薇：

　　現在我們習慣稱許的性格是「叻仔」、「醒目」。這是商業社會都市人的性格，大概包括敏於思而捷於行；對資訊有較多的掌握，抱着個人目的去交朋友，人際關係圓滑；善於工作亦精於娛樂、飲食；好勝心強，自視頗高……這些性格的人，都不是天生的，他們憑自己的氣質，而都市在塑造他們。如他們能配合良好教育，都成了政界、商界紅人。

　　你似乎不是這種性格的人呢。你有好脾氣，待人以禮，心中和善，有文雅的外表，也有善於思考的內涵，好勝心也挺強，但人際關係和而不羣，只選擇幾個合得來的成知交，愛幻想，但不免每事優柔寡斷，這幾年好一些了。這些性格不只是家庭給你的，學校、社會、朋友，都在影響你性格的形成。

　　我高興我的孩子沒有悲觀、抑鬱、孤僻、狹隘、冷酷無情，或者散漫、吹牛、放任、驕縱、頹廢，也沒有俗套、虛浮、自大。但看看今日不少孩子，父母的疏忽，教師的無助，都產生不少這種性格的人。

Daddy

香港次文化

薇：

　　你說你發覺近年「惰性」大了，例如晚上坐在電視機前就任由無厘頭的電視劇帶引，買了架超級小型耳機後，耳朵就成了流行音樂的嚮導。老是帶着這些次文化去迴盪精神，腦子變成懶於思索，屁股坐在電視機前的軟沙發上，就像被萬能膠黏牢，一晃就過了一個晚上。你說這是從前沒有的現象。

　　其實說話分兩頭。你現在白天工作緊張，八個小時腦神經處於亢進狀態，因此，八小時以後，腦子要尋求休息，這些輕鬆的電視節目與音樂，可能為你做腦神經按摩。因此，從這方面說，你無須自責，也實在該主動讓腦子去積極休息啊！

　　另一方面，香港次文化在提供輕鬆攬笑之外，常常偷偷灌輸不良的東西，例如歌曲可能鼓勵人放縱情慾，電視劇把人性醜惡的東西傾瀉。長期在次文化浸淫下，人的性格亦受影響，因此，文娛、遣興，要好好選擇。

Daddy

薇：

　　唉，次文化適應了我們調劑緊張生活的需要，已經成為我們生活的一部分。不少人可以沒有交響樂團，沒有芭蕾舞，卻不可以沒有梅艷芳。

　　文化藝術在潛移默化地陶冶我們的性格。不加選擇，不主動靠近優質的文化藝術，性格難免受負面的陶冶，使性格中的弱點滋生，例如想入非非、做白日夢、思維缺乏邏輯性、甚至精神萎靡等等。

　　你說你產生「墮性」。本來「墮性」是指物體因地心吸力有向下墮的特性，這裏你是借用來形容自己被次文化吸引，產生一種不思上進的心態。其實這已成了都市通病了，其中電視機的影響力最大，我有一對朋友潘金英、潘明珠兩姊妹，她們曾合力寫了一本書，名叫《沒有電視的晚上》，書裏提供了幾十種有益的興趣活動，發覺每一種都比看電視有趣又有益。下次你回家我到書櫃找給你看看吧，你一定對不少趣味盎然的消遣更感興趣呢！

Daddy

健康性格 vs 病態性格

薇：

　　性格像人體，有健康與病態兩種型格。有人指出了十一點健康性格的結構，這裏先提六點：① 態度夠現實。性格健康的人，先要有一副現實態度，要面對現實，曉得應變，不然心理就受摧殘；② 辦事憑理智，有穩重的性格，能聽取合理建議；③ 待人有愛心，能夠愛自己的伴侶、孩子、親戚、朋友；④ 適當接受別人的愛與幫助，健康的性格既愛人，亦接受愛；⑤ 有自控能力，例如當發怒的時候仍清醒，能把握分寸，該收即收；⑥ 有長遠打算，不會只看見眼前的好處，有通盤打算的能力。

　　我們常常可見以下相反的情形：① 一腦子幻想，痛恨現實，當惡劣情勢出現，容易精神崩潰；② 主觀武斷，自以為是；③ 對什麼人都冷淡沒有感情：④ 自閉地不接受別人的關懷與援手；⑤ 生氣時容易變成狂怒，甚至動起兇器；⑥ 手裏有點錢就忙着花光，寧願明日舉債。兩相對比，什麼是健康與病態的性格，不是很清楚麼？

Daddy

薇：

　　健康的性格還是病態的性格？昨日談到六點檢查的方法，今日繼續餘下的五點：

　　⑦ 善於休息，工作狂而不會休息，是病態的性格，做好工作，還要善於享受閒暇和假期；⑧ 敬業樂業，對自己的工作有一份樂趣感，不會不停轉工，做一份不滿一份；⑨ 疼愛孩子，對孩子有慈祥和寬容的自然反應，不會虐待兒童；⑩ 容人之量，寬容和諒解別人，有與人為善的精神；⑪ 生活情趣，常有興趣了解生活事物，培養業餘興趣。

　　薇，兩封短箋提出了十一點健康性格的結構，你不妨對照着自我檢查，你具有多少點這方面的性格呢？不妨作為鏡子，亦提醒自己別跑到它的反面患起病態性格來，發展自己的個性，亦以強化這十一點優良性格結構為依據才好。

Daddy

多愁善感

薇：

收到我的信，你喜歡我錄給你的詞。其實宋代詞人晏殊的詞不少，如他那首《浣溪沙》中的兩句早已膾炙人口：「無可奈何花落去，似曾相識燕歸來。」我錄給你的一句，是他寫香閨女子的春怨呢！《訴衷情》全首是這樣的：「東風楊柳欲青青。煙淡雨初晴。惱他香閣濃睡，撩亂有啼鶯。眉葉細，舞腰輕。宿妝成。一春芳意，三月和風，牽繫人情。」這詞和你們三位同夥少艾最近的悵惘與懷思，是有融通之處呢，是麼？

多愁善感，你們大概免不了，甚至偶然「愁」一下，會感到是一種享受，只要這不會成為鬱結，甚至積累了成為鬱鬱寡歡，那就無謂了。否則「多病多愁心自知，行年未老髮先衰」，就糟糕了，阿娟如果因為你與艾雲心有所屬而她仍形單影隻，你們可要好好開解她啊。人可以愁一下，卻不可以一愁「千丈」。心胸保持豁達、開朗、歡樂、這種情懷可養顏與益壽呢。

Daddy

人的七情

薇：

　　人的「喜、怒、憂、思、悲、恐、驚。」合稱七情，這樣去分類的不是講究情緒的文人，而是兩千多年前中國的醫書，《黃帝內經》載：喜則氣緩，怒則氣上，思則氣結，悲則氣消，恐則氣下，驚則氣亂。因此主張一個人七情要平和，大悲與大喜都不好。相反，能讓自己的七情穩固，萬事萬物均泰然處之，能使自己健康長壽。

　　你說你欣賞一些人情感充沛。但情感充沛與七情氾濫是不同的。你看見一些人在麻雀枱前，可就七情氾濫，情緒按牌打得順不順而起落。但是，情感充沛是因熱愛生活而產生，做什麼事都朝氣勃勃，有長遠打算——抱「積極人生」的人都會情感充沛。

　　薇，小心你的情緒。喜見你平和性格，加點溫馨。「七情上面」大喜大樂或大悲大恐都不好。

Daddy

控制情緒

薇：

　　控制自己的情緒是一種修養，古人說「修養」或今人說「修養」也許略有不同，但有一點是共通的，修其心，養其性，最重要一點是避免過度的情緒波動，盡量少憂思惱怒，經常保持情緒穩定，樂觀自在，心境常處恬靜狀態，修養不但是一種德行，還是一種氣血調和、抗病強身之方。爹地最近得此慢性重病，現在調養靠的有幾條方法，其中一條就是氣定神閒，「恬淡虛無，真氣從之，精神內守，病安從來？」晉代名醫葛洪把常見疾病分十五種，稱為「十五傷」，其中因個人情緒而引致疾病的，竟佔八種之多，這八種就是：「深憂重恚、悲哀憔悴、喜樂過度、歡呼呼泣、久談言笑、汲汲所欲、戚戚所患、才不逮而強思。」

　　我最近着人寫一書法橫幅，共八個字：「心田寧靜，天君泰然。」掛起來就是希望警惕自己，不論病情有好壞變化，都不喜、不憂，只要爭取食得甘味，睡得香甜就夠了。

Daddy

薇：

　　我以自身抗病養身的體驗説給你聽，似乎對你太過低調。「爹地，我們年青人，哪能沒有大喜大樂？」是的，喜樂常在，豈可拒之門外？但是，就是要你能收放自如，不要喜樂去到盡頭，變成狂喜，「玩到癲晒」的狀態絕對不宜，這與大悲同樣傷身，現代青年人喜歡「玩到盡」，見一些派對，玩樂過了頭，常常悲劇隨之，喜歡勁歌便把喇叭和低音部分放盡，使房子更為震盪，卻從不以抒情藝術歌曲以調和，使娛樂也在精神亢進狀態，失了音樂給我們「精神按摩」和積極休息的意義，這就是大喜過了頭，這樣長期下去，血氣必會失調，疾病隨之，現在不少青年人已患了精神衰弱、失眠、頭痛、肌肉酸軟等等，這是長期被七情所傷之故。

　　當然，喜悦是好事，常保持喜悦與歡欣的心情，但情緒穩定在中度狀態，那麼，食甘其味，睡眠香甜，精力充沛，病也無從。

Daddy

薇：

　　人的情緒起落難免，當你情緒正常的時候，不妨作心理準備——有一天我心緒不寧的時候怎麼辦？當你能疏導與控制自己的情緒，就是你的修養到家了。

　　香港約有五十萬人患有不同程度的精神病，其中10% 需要經常接受治療，香港精神病醫院牀位只有五千多，均有人滿之患，可見情緒帶來神經的震撼，已經到了怎樣的田地。人的保健，除了身體之外，不能疏忽的，還有心理保健，情緒保健啊！

　　醫生說，情緒病還會帶來腸胃病、便秘、高血壓、冠心病、偏頭痛和癌症。這不是危言聳聽，都有醫學根據和臨牀病理的證明。

　　心理學家把人的性格分為三種類型，即A型、B型和C型，A型的容易激動，好勝心強，有時間緊迫感；B型是慢條斯理，不慌不忙；C型是溫馴，習慣壓抑情感，事事逆來順受，把不快藏於心底，而患癌症的多為C型性格。

Daddy

心理保健

薇：

　　我樂於和你談談心理保健，可作為一種重要的生活常識。女性一般常處於被壓抑地位，又是家庭主婦，又是職業女性，又有丈夫、兒女等事要擔心，還有人際關係問題，精神壓力比男人重得多，男人到外面瘋一瘋，常常可以紓解情懷；留在家裏的四面牆當中苦思的，常常是女性。因此疏導情緒，紓解心理鬱結，重視心理保健，應是姐妹們的必修科呢。

　　女人確是「感情的動物」，卻最容易為感情所挫傷，因此，有時確要向她們潑潑冷水，感情恆久不是沒有，但如鳳毛麟角，人生中感情常常有階段性。男女拍拖時，新婚不久，感情最濃；母子或母女，在孩子十二歲之前最親媽咪；朋友在閒時，或一方有困難時感情最親密。過了這階段，大都會走下坡，好的就一路淡淡如水，不好的就反臉成恨，認識這一點很重要。

Daddy

性格偏差

薇：

　　你說你環顧周圍，確有一些人性格有偏差。這些偏差表現，可能是以下幾個方面：① 怯懦、自卑、缺乏自信；② 心胸狹窄、多疑、心中常覺抑鬱；③ 急躁、狂烈、小事衝動，不計後果；④ 忽冷忽熱、情緒難得穩定，給人反覆無常的感覺；⑤ 頑固偏執、好與人爭辯，又總是喋喋不休、強詞奪理；⑥ 呆板而不思變遷，自己給自己很多清規戒律；⑦ 哭笑無常、表情誇張、做作，事情容易走到極端去。

　　這些性格上的偏差，有的人會偶然有這種或那種表現，但一個時間又會消失；但有的人，終其一生都是這種不良性格，變成漸漸失去了朋友、孤僻，抑鬱性格會隨之而來，嚴重的，還會鬧出精神病呢！

　　薇，如果你有時會偶發這些性格偏差，可就要小心，譬如急躁、衝動，我印象中你曾出現過這方面的偏差呢！適當地自我反省，是必須的。

Daddy

薇：

　　每個人不免有時出現性格偏差，這也不是什麼大不了的，只要事後自己暗作反省，不讓偏差持續下去就是了。

　　我教你幾個疏導方法吧：① 盡情傾吐法：不要把痛苦、不快、疑慮積在心中，遇事與家人、知己傾訴，有時痛哭一場，放聲高歌或把心中的話寫下來都可以使自己「茅塞頓開」；② 代償遷移法：例如你在某方面受到挫折，就把注意力轉到另一方面去，讓愉快的事情代替那挫折造成的不快，有的人失戀了，他把精神轉到工作上，讓工作得到成功感，就起了「代償」的作用，老是打緊一個情意結，不作化解，就會弄出精神上毛病了；③ 自我善揚法：童軍有一句守則，叫做「日行一善」，你情緒低落時，不妨實行每日行善，晚上睡在牀上，想想今天做了什麼善行，這樣你心中舒適，覺得今天沒有白過；④ 文化、藝術陶冶法：參觀畫展，參加音樂會，選擇一些好的文藝書來閱讀；⑤ 體育運動塑造法：通過運動培養樂觀、勇敢的性格。

Daddy

了解人的性格

薇：

　　和你暢談氣質、性格，你說啟迪殊深，告訴你一個外國的統計數字，凡是有以下性格的人，都能長壽——① 心胸開闊、樂觀豁達，伊朗一位 159 歲的壽星公哈薩說起他的長壽秘訣：「我有快樂的性格！」女兒，你能做到事事泰然處之，不大悲、大憂、大怒嗎？樂於工作，善於助人，不易動怒，做事輕鬆爽快，人的疾病也會減少。② 熱衷人生，善於生活，人生呀人生，難免有起有落，但熱愛人生，此志不渝，讓自己的一天生活安排得有規律，早上晨運，晚上散步，假日照顧自己的生活情趣。③ 和善賢慧，知足常樂，城市是個名利場，若能不慕名利，不尚奢華，是難得的，我一直主張過簡樸生活，一個人是表現在心靈上，而不是物質上。④ 情趣盎然，善於思索，善於利用閒暇，古人重於琴棋書畫怡情養性，今天我們有各種利用餘暇的辦法，卻不要讓時間輕輕溜走。⑤ 心懷公義和善心，一個人做到無愧於心，必能健康長壽哩！

Daddy

薇：

　　説了一大堆啦，但話得説回來，性格發展還是要自然而然的，若你的環境複雜、你的工作壓力沉重，你心中鬱結未能紓解，那麼，性格還是不易理得順。所以有「釜底抽薪」的做法。職業帶來不愉快嗎？就轉工去，不要因為薪金較高而戀棧；朋友圈太複雜嗎？就決心與他們斷絕來往，再從頭培養較好的人際關係；心中有鬱結？解鈴還須繫鈴人，着手紓解這鬱結，有時要想盡方法。

　　薇，你的氣質、性格爹地是滿意的，説説正反兩方面，是讓你有多方面的認識，有時便於自省，有時有助於體諒別人，或幫助別人分析自己的性格。我常説「觀人於微」，當你了解人的性格千差萬異，就會更好地去認識你的朋友和認識人生。

　　只是，一生人中，性格可能有變，怎樣使自己趨於美善，而不是越老越頑固呢？這不但提醒你，也提醒我這半百的「中坑」哩！

Daddy

252

女兒家的心事

薇：

　　與你同窠一屋的同窠鳥阿娟和艾雲，看來快要分飛了。上個周末，談了個通宵麼？女兒家心事重重，有個伴兒心聲互訴，真是美事。艾雲下月中出閣之喜，你們做姐妹的必有分喜與分憂。阿娟倒為此而黯然神傷，眼看艾雲蜜運來到擇佳期的時刻，而你有了個殷勤的阿 D，她卻仍未知芳心誰屬。六月她的工作處遷到荃灣，她說仍要過「逐水草而居」的遊牧生涯，屆時要遷離港島，到荃灣找住的地方，天下無不散之筵席，難怪你說談到月落星沉，仍無倦意，有一股衝動齊齊請假，再談一個大白天，總覺得彼此還有很多知心話要說，很多衷情要訴……

　　我不大懂女兒家的心事，卻知道你們有友誼、愛情、事業、離愁相互煎熬，一定是別有一番滋味在心頭，正是「一春芳意，三月和風，牽繫人情」（詞人晏殊的《訴衷情》）。少女情懷總是詩，珍惜吧。

Daddy

順其自然

薇：

　　是的，當我們認識了人的感情會有階段性，就不會因其變化而產生抑鬱，「順其自然」，這是疏導情緒的四字真言。另外，不妨「有風駛盡悝」。舉例說：拍拖時，就盡心盡情享受愛情的甜蜜，新婚了，就像海綿般吸收愛情的滋潤；兒女親媽咪，就去盡情領受兒女的愛，他還是「裙腳仔」時，就要讓他在身旁，讓他親親嗲嗲，因為到了他少年期，改為親同學，親外面人，覺得跟着媽媽「老土」時，你要他陪着你就不是易事了，朋友亦如是，難得相聚，或患難之交之際，友誼情濃，就要領受友誼的真情，誰知道他日各人為生活奔波，又難得聚首一堂？當你的心放開，盡情領受階段性的濃情，那麼，濃情仍會不時進駐你心中，使你温暖。同時心理準備，沒有不落的太陽，它淡了，它變了，過去美的回憶仍舊美，不要成為勾起傷心情懷的淚痕，那麼，一切都那麼自然，感情又何懼受到傷害？

Daddy

未雨綢繆

薇：

你說，你不能接受「情無永恆」之見解，小說裏、電影裏、情歌裏，不是常常有感人的作品，細描那些刻骨銘心的愛情麼？

乖女，我不是說「情無永恆」，而是說，情不會常處於高峯狀態，而且情變在今日社會，是在不斷增生，因此，當有變，就得處變不驚，未變的，亦要彼此不時加添「愛情潤滑劑」，不要使愛情之花乾枯。

我的目的是說保護自己的神經，使它不要摧折，心理保健的重要一條是：常常做到未雨綢繆，早有心理準備，不要把喜樂看成絕對，也不要把逆境看成沒有轉機。古人教我們：得而不喜、失而不憂，若能做到，情緒就會常在恬靜狀態。我相信當能有好的戀愛期，婚姻一定能美滿終生，而絕非情無永恆。這就是未雨綢繆啊，「有良好的開始，才有美滿的終局。」這話百分之八十對，但還要補充——未必。這就是一個心理準備。

Daddy

樂從動中來

薇：

　　有一句話，是心理保健的要領——樂從動中來。一個人要疏導自己的情緒，常常保持愉快的心境，就得明白「動」的重要。「靜」可生鬱結，「靜」易胡思亂想，我們說「寧靜致遠」，是指心境平和時的靜思，當你心緒不寧，越靜就越易鬧出毛病來。

　　樂從動中來啊！這個「動」字，包括肌體的動——必要的身體鍛煉，就是動的一種，堅持到公園、郊野、海邊等大自然氣息濃厚的地方去活動，樂就寓於其中了。

　　「動」的另一種方式是工作。一方面着意把家居整頓得整潔美觀，愉快的家務帶來動的樂趣；另一面參與一些羣體工作，有職業的自然去承擔責任，沒有職業的也找些社區義工來幹，你是在享受動的樂趣哩。

　　法國一位思想家伏爾泰說：「生命在於運動。」中國漢代名醫華陀說：「戶樞不蠹，流水不腐。」（門較部分從不會生蟲，流水不會腐臭），都說明「動」於人身心健康的重要。

Daddy

做到老學到老

薇：

「心理保健」與你談了兩點，你說得益，我就更有興趣了。這短箋與你談第三點：「學一點什麼吧。」

是的，常常提點自己：「學一點什麼吧。」正是做到老學到老，學習是保持心緒安寧的妙方。

爹地四十歲時才學日語，倒學得蠻有興趣，特別買架「獲文」（隨身聽）回來，行又聽，坐也聽，學慣準確的「㗎文」發音，有一天一位日本人來探我，我「初試啼聲」，他驚訝我的語音正確，我就樂在其中，現在我能看些漢字不少的日本書，不久前友人知我病，從東京寄來日文本《肝臟漢醫大全》，我竟看明白了八成，心中高興莫名。

學點什麼吧！學琴、學琵琶、學氣功、學素描、學設計、學裁剪、學陶藝、學唱歌、學插花、學烹飪、學空手道、學駕駛、學語言、學書法……總之，把閒暇安排一兩種可學的課程去依時聽講，既帶來樂趣，又擴大朋友圈，找到興趣相投的朋友齊齊學吧。

Daddy

善於紓解

薇：

　　「心理保健」的要領有一條是：「善於紓解」。藏於心底，有苦自己知都不是紓解之道。

　　紓解有急性和緩和兩種，一種是火爆頸，「砰砰彭彭」把悶話吵出來，這可能是紓解之道，但過了頭會弄巧反拙。大哭一場，卡拉 OK 一番以高歌求一發洩，也是紓解之法。亦有去外地旅遊，寫封長信向遠方友人傾訴，或打個長途電話與知己訴說個夠，但有些必須「解鈴還須繫鈴人」，找當事人平心靜氣地談談，或就此截斷產生鬱結的源頭——是朋友就疏遠之，是夫妻就分手，是波士就辭工……當處於兩難地位，就當機立斷，壯士斷臂，毫不可惜。總之，當問題到了，不能解決，就必要用斷然的紓解方法，不能曠日持久，到頭來使自己精神衰弱，摧斷了自己的神經線。善於紓解，是要用點智慧的，這是保持自己心理平衡的辦法。

Daddy

258

家庭是快樂的源頭

薇：

家庭是快樂的源頭，當家庭出了問題，苦痛就一波一波而來，要把住「心理保健」這關就很吃力了。

家庭會出什麼問題？① 夫妻不和，② 兒子不聽教，③ 上下兩代（如婆媳）的磨擦。相信不出這三類。當然要解決不是一兩張紙箋說得清楚。這裏只能說點實用的。

愛必有敬，只有互敬，才能互愛持久，因此，夫妻及上下兩代，總得存一點敬意，心裏瞧不起他（她），就愛不起來了。

諒解、安慰、鼓勵是家庭關係的主流，孩子打破碗，首先不是罵而是安慰，「有冇割親呀？」一語存溫馨，然後第二句：「下次小心的嘞！」如果拍枱而起：「衰仔，食嘢唔做嘢，做嘢打爛嘢，成舊飯咁，真冇用。」怨就此積聚多了，就無法化解，日久總會成為家庭零落的禍根。

着意建立一個有關心、有愛護、有溫暖、有慰藉、有整潔、有和諧的家庭，快樂的源頭，就有欣悅如泉湧。

Daddy

把自己當作孩子

薇：

　　心理保健原來最關鍵的一條是：「你把自己當做是什麼？」

　　你可以給自己勇敢、堅毅、發奮的高目標，也可以給自己浪漫、平凡、隨遇而安的低目標，這都不是問題。問題是你有沒有也把自己當成是個大孩子，一個可以與小朋友同樂，與比你低的人（或才智、或經濟、或地位、或級別）同歡同樂的人，如果你不能，你有神聖不可侵犯的架子，那麼，你難求快樂心境，而心理的情意結必然一個堆積一個。

　　乖女兒，愛孩子，又把自己當作孩子，有宗教信仰的人叫上帝為天上的爸爸，他把自己看做孩子，都是赤子之心的微妙。我們細心觀察幼稚園的孩子，看他們心田一片蔥綠，純純而永無機心，他們不會神經衰弱，他們精力充沛，吃得香，睡得甜，你當知道一個人懷有赤子心是多麼幸福。一個永遠自覺學得不多、不夠的人，真正是個真才實學者，反得到人真誠的尊崇。

Daddy

薇：

「我是一個大孩子。」你起牀的時候對自己說吧，洗臉時扮個鬼臉給鏡中人看，說一句「我是一個大孩子。」當你常常這樣感覺，你不但青春不老，而且心理平衡，每條神經如鋼，百摧不折。

這句話包括了：① 赤子之心；② 謙厚之心；③ 平和之心；④ 快樂之心；⑤ 愛孩子之心。

當然叫你並非孩子般無知，但你不要把自己當超人，當萬事通，當博學多才之士（即使你已獲博士之銜），當成必須人人崇敬的學者，一個真理永遠在你一方的真理衛士，一個不可被輕視的強人，因為當你這樣自視很高，你會寂寞，你永無真友，快樂又從何而來？「我是個大孩子。」有一次在音樂會上見到上一任的香港大學校長黃麗松博士，他客串拉小提琴，那不是他的專業，水平不高，他演後吐吐舌頭說：「學生時代的玩意，今天來娛己娛人。」我頓時知道，他就是把自己當成是個大孩子。

Daddy

做個有性格的人

薇：

　　你說你佩服一些「有性格」的人，你嫌自己性格不明顯，什麼都採「中庸之道」，做事不緩不急，對待事情看上司態度，他急你才急，不然就按正常節拍處理，對人對事又隨遇而安，加上性格平和，不會做什麼越軌的事。你還笑說：「這樣啱晒你意思啦，但我與別人比，就覺得平庸而不突出，跟一些性格明顯的人一併，就似花園中的菊花，到處一大片，而人家是標青的蘭，觸目的牡丹。」

　　乖女，這也許是人生觀和價值觀的問題，一時說不清，中國人講究澹泊以明志，寧靜可致遠；有能力、有個性的表現在於發放優點的耐力持久，而不是一時一事的誇張。一開即謝，多美的花，也只是一瞬。每個人有每個人的人生取向，你走你的陽關道，他走他的獨木橋，你有平和穩定的性格，說到底是一種優點。

　　但話得說回來，「有性格」這三個字值得審視，怎樣才算有性格呢？特別是女性，如何表示女性的優良性格？

Daddy

薇：

好吧，你既然嚮往做「有性格」的人，我試列五條方法，讓你參考，但那不會是「立竿見影」式即時生效，還要自我培訓哩。

第一條：意志的自覺性建立。每做一件事情（當然不是指日常瑣事）先想想行動的目的。例如朋友鼓勵你去做周日下午義工，你礙於友情，就去了。礙於「友情」去做，就不應是你行動的目的，所有「勉為其難」的動機使你做一件事，都不是有性格的人的行動目的，你一定是深刻認識到行動的意義才去做。否則，有違自己心意，就不做，所以有性格的人不免有時予人「冷酷無情」的感覺。但這種講求「意志自覺性建立」的態度，卻使一個人行動不會盲目性和帶上衝動性，講理想、講信念，做起來就帶勁，正是「一係唔答應去做，一答應去做，就瞓晒身落去」那一種人。不過，這個社會「礙於情面」、「不可得罪小人」的觀念深刻，要做到這樣有性格，實在不容易。

Daddy

薇：

　　要做個有性格的人，卻不是像性格演員般誇張，不是似用性格演員的表演做藍本，就失之毫厘，謬之千里矣！看螢幕上的性格演員，常常衝動行事，但現實生活上有性格的人，往往有出奇的自我控制能力，才不會輕舉妄動做一時衝動的事。因此做有性格的人的第二條應是：善於自覺地、主動地控制自己，能放能收。尤其是人與人之間發生磨擦的時候，有性格的人會講究以理服人，對方惱到臉紅脖子粗，你仍能心平氣和，而且，不為小事爭，詩人說「一揮手，不帶一片雲彩。」正是小事、俗事不掛心的表現，何必爭一時的長短？就讓你全勝又如何？這就是「有性格」。與此相反，蒼蠅變大象，為拾芝麻掉去西瓜，不分輕重硬要鬧到自己全勝收兵，那才是沒有性格的表現。自制性的相反，是任性與怯懦，以為不加約束，隨心所欲，我行我素是有性格，其實是誤解了啊！這是任性，這是失控，這種人一點性格也沒有。

Daddy

薇：

　　最近北京有一座大型的建築物落成，名為「北京港澳中心」，這裏有一個故事關於這建築物的。原來這宏偉的建築物主要投資者之一是香港一位有名的醫生方心讓。他身為醫生，這建築物設計上就體現他的專業精神。第一，他要求方便傷殘人士，大堂要沒有柱，樓梯、廁所都要有方便坐輪椅的人的設施；第二，他要求裏邊設國際醫療中心，世界各地到北京來的人，若有病即可得國際水準的醫療，並有語言上、飲食營養上的特殊照顧。方心讓醫生的心願都一一實現了。

　　薇，憑這件事，你可得到什麼啟示麼？我就深深感到方心讓醫生確是個很有性格的人，他把自己的專業精神處處體現在他的理想、生活上。去年我到新加坡旅行，在旅遊巴士上，有一個遊客突然中風倒地，當各人張惶失措的時候，有一位遊客突然站起來，說：「我是醫生，請讓我來急救。」後來他犧牲了遊聖淘沙的精彩節目，一直照顧着病人，另叫街車送他到達醫院。我衷心地佩服這些有性格的人！

Daddy

薇：

　　做個有性格的人。我前頭說了三條，而第四條是果斷，第五條是堅持，不能做到這兩條，說不上是個有性格的人。

　　性格果斷，不是盲目武斷，果斷是以勇敢和深思熟慮為前提的，「當機立斷」、「有魄力」、「臨危不懼」等詞都是我們常用以稱讚那些性格果斷的人。與果斷相反的性格，就是優柔寡斷、患得患失、謹小慎微，最後可能就臨陣退縮，或者輕舉妄動，魯莽冒險，周遭人羣中，這種性格的人還少嗎？能做到果斷，常是以經驗、知識做後盾的。

　　說到「堅持」，這是最考驗人意志的兩個字，順風順水時堅持也許不難，當困難重重，仍堅持到底就不容易了。有性格的人不會隨便立下主張、定下行動目標，但當他決定了，就都有一股百折不撓的勇氣，堅毅頑強地堅持到底，薇，這四張短箋爹地能答中你的問題麼？

Daddy

給 爸爸 的信

親愛的爸爸：

不經不覺你已離開我們廿七年了。你還記得嗎？我小時候，每當你下班回家，我總喜歡以大熊抱來迎接你，兩手環抱着你的「大肚腩」，然後以雙手間的距離去量度你是否有長胖了，你還說要抱得大力些才準確，逗得我哈哈大笑！

我昨晚翻閱1991年你親筆寫給我的信，回憶一頁一頁地浮現，想起當年我初次離家，隻身遠赴外國留學，遇上許多的不適應：陌生的環境、全英語的學習、文化的差異、照料自己的起居飲食等等，都使我有強烈的無助感和寂寞感。

　　當年我出國前已知悉你患病，只知道你肝臟有毛病，而你一貫樂觀、堅強的作風，使我沒察覺你的病是如此嚴重，從沒想過你患上的居然是癌病。我離家後，你不斷寫信給我送來關懷和勉勵，信中你諄諄教誨給我很大的啟發，幫助我解憂紓困，那時真的很愛讀你的信。後來，你還把回信給我的內容，寫了在報章的專欄內，然後你把報紙剪下來寄給我，說要跟我講的話都已寫在文章內。

　　爸爸，其實你當時面對的困難比我的巨大得多，你反倒過來鼓勵及安慰我。你對你的病情輕描淡寫，是不想我為你擔心，怕影響我的情緒，放棄留學的計劃。我知道你的心願是我們三兄姊弟能完成大學，你自幼家窮，沒有讀大學的機會，你是多麼渴望能拋開

工作，重投校園去鑽研學問。然而，在我心目中，「自學成才」更難得，你卻做到了，使我衷心佩服你！

感謝你透過你寫的文章，讓我深深感受到你的愛。以前你埋首寫作，我對你並不了解，曾埋怨你對我缺乏指導，現在我長大了，每當我細味你的作品，進入你的心靈世界，才明白你書中的道理、你待人處世的方針。你留下的生命足跡，正是給我最佳的指導，爸爸，謝謝你！

女兒

紫薇

2019 年 2 月 25 日

經典書房

給女兒的信

作　　者：何紫
責任編輯：陳友娣
美術設計：陳雅琳
出　　版：山邊出版社有限公司
　　　　　香港英皇道499號北角工業大廈18樓
　　　　　電話：（852）2138 7998
　　　　　傳真：（852）2597 4003
　　　　　網址：http://www.sunya.com.hk
　　　　　電郵：marketing@sunya.com.hk
發　　行：香港聯合書刊物流有限公司
　　　　　香港荃灣德士古道220-248號荃灣工業中心16樓
　　　　　電話：（852）2150 2100
　　　　　傳真：（852）2407 3062
　　　　　電郵：info@suplogistics.com.hk
印　　刷：中華商務彩色印刷有限公司
　　　　　香港新界大埔汀麗路36號
版　　次：二〇一九年六月二版
　　　　　二〇二四年一月第二次印刷
版權所有‧不准翻印

ISBN: 978-962-923-473-7
© 1993, 2019 SUNBEAM Publications (HK) Ltd.
18/F, North Point Industrial Building, 499 King's Road, Hong Kong
Published in Hong Kong SAR, China
Printed in China